U0088095

原來如此

課本上沒有的 日語單字

「ブサカワ」？
「ウケる」？
「イメチェン」？

日本人都在用，你還不知道？

精通日語，
只靠課本還不夠！
告訴你日本人
生活中都在講什麼
課本裡學不到的日語單字

50音基本發音表

MP3 002 清音

a ㄚ	i ー	u ㄨ	e ㄝ	o ㄡ
あ ア	い イ	う ウ	え エ	お オ
ka ㄎㄚ	ki ㄎ一	ku ㄎㄨ	ke ㄎㄝ	ko ㄎㄡ
か カ	き キ	く ク	け ケ	こ コ
sa ㄙㄚ	shi ㄒ一	su ㄙㄨ	se ㄙㄝ	so ㄙㄡ
さ サ	し シ	す ス	せ セ	そ ソ
ta ㄊㄚ	chi ㄑ一	tsu ㄘ	te ㄊㄝ	to ㄊㄡ
た タ	ち チ	つ ツ	て テ	と ト
na ㄋㄚ	ni ㄋ一	nu ㄋㄨ	ne ㄋㄝ	no ㄋㄡ
な ナ	に ニ	ぬ ヌ	ね ネ	の ノ
ha ㄏㄚ	hi ㄏ一	fu ㄈㄨ	he ㄏㄝ	ho ㄏㄡ
は ハ	ひ ヒ	ふ フ	へ ヘ	ほ ホ
ma ㄇㄚ	mi ㄇ一	mu ㄇㄨ	me ㄇㄝ	mo ㄇㄡ
ま マ	み ミ	む ム	め メ	も モ
ya 一ㄚ		yu 一ㄩ		yo 一ㄡ
や ヤ		ゆ ユ		よ ヨ
ra ㄌㄚ	ri ㄌ一	ru ㄌㄨ	re ㄌㄝ	ro ㄌㄡ
ら ラ	り リ	る ル	れ レ	ろ ロ
wa ㄨㄚ		o ㄡ		n ㄣ
わ ワ		を ヲ		ん ン

MP3 003 濁音

ga ㄍㄚ	gi ㄍ一	gu ㄍㄨ	ge ㄍㄝ	go ㄍㄡ
が ガ	ぎ ギ	ぐ グ	げ ゲ	ご ゴ
za ㄗㄚ	ji ㄐ一	zu ㄗ	ze ㄗㄝ	zo ㄗㄡ
ざ ザ	じ ジ	ず ズ	ぜ ゼ	ぞ ゾ
da ㄉㄚ	ji ㄐ一	zu ㄗ	de ㄉㄝ	do ㄉㄡ
だ ダ	ぢ ヂ	づ ヅ	で デ	ど ド
ba ㄅㄚ	bi ㄅ一	bu ㄅㄨ	be ㄅㄝ	bo ㄅㄡ
ば バ	び ビ	ぶ ブ	べ ベ	ぼ ボ
pa ㄆㄚ	pi ㄆ一	pu ㄆㄨ	pe ㄆㄝ	po ㄆㄡ
ぱ パ	ぴ ピ	ぷ プ	ぺ ペ	ぽ ポ

拗音

kya ㄎㄧㄚ		kyu ㄎㄧㄩ		kyo ㄎㄧㄡ	
きゃ	キャ	きゅ	キュ	きょ	キョ
sha ㄒㄧㄚ		shu ㄒㄧㄩ		sho ㄒㄧㄡ	
しゃ	シャ	しゅ	シュ	しょ	ショ
cha ㄑㄧㄚ		chu ㄑㄧㄩ		cho ㄑㄧㄡ	
ちゃ	チャ	ちゅ	チュ	ちょ	チョ
nya ㄋㄧㄚ		nyu ㄋㄧㄩ		nyo ㄋㄧㄡ	
にゃ	ニャ	にゅ	ニュ	にょ	ニョ
hya ㄏㄧㄚ		hyu ㄏㄧㄩ		hyo ㄏㄧㄡ	
ひゃ	ヒャ	ひゅ	ヒュ	ひょ	ヒョ
mya ㄇㄧㄚ		myu ㄇㄧㄩ		myo ㄇㄧㄡ	
みゃ	ミャ	みゅ	ミュ	みょ	ミョ
rya ㄌㄧㄚ		ryu ㄌㄧㄩ		ryo ㄌㄧㄡ	
りゃ	リャ	りゅ	リュ	りょ	リョ

gya ㄍㄧㄚ		gyu ㄍㄧㄩ		gyo ㄍㄧㄡ	
ぎゃ	ギャ	ぎゅ	ギュ	ぎょ	ギョ
ja ㄐㄧㄚ		ju ㄐㄧㄩ		jo ㄐㄧㄡ	
じゃ	ジャ	じゅ	ジュ	じょ	ジョ
ja ㄐㄧㄚ		ju ㄐㄧㄩ		jo ㄐㄧㄡ	
ぢゃ	ヂャ	づゅ	ヂュ	ぢょ	ヂョ
bya ㄅㄧㄚ		byu ㄅㄧㄩ		byo ㄅㄧㄡ	
びゃ	ビャ	びゅ	ビュ	びょ	ビョ
pya ㄆㄧㄚ		pyu ㄆㄧㄩ		pyo ㄆㄧㄡ	
ぴゃ	ピャ	ぴゅ	ピュ	ぴょ	ピョ

● | 平假名 | 片假名 |

目 錄

購物篇　　16

瘋狂購物 ・・・・・・ 16

購齊 ・・・・・・・・・ 17

闊綽地購買 ・・・・・ 18

打折 ・・・・・・・・・ 19

缺錢 ・・・・・・・・・ 20

浪費 ・・・・・・・・・ 21

常去 ・・・・・・・・・ 22

跑腿 ・・・・・・・・・ 23

獎勵 ・・・・・・・・・ 24

點擊、買 ・・・・・・ 25

領錢 ・・・・・・・・・ 26

又、再 ・・・・・・・ 27

訂貨、調貨 ・・・・・ 28

標籤 ・・・・・・・・・ 29

個性篇　　30

自戀 ・・・・・・・・・ 30

以…自居 ・・・・・・ 31

狂妄自大 ・・・・・・ 32

個性悠哉 ・・・・・・ 33

多管閒事 ・・・・・・ 34

乖僻頑固 ・・・・・・ 35

一本正經 ・・・・・・ 36

裝模作樣的人 ・・・・ 37

輕率 ・・・・・・・・・ 38

輕浮 ・・・・・・・・・ 39

容易親近 ・・・・・・ 40

天真無邪 ・・・・・・ 41

心情篇　　42

驕傲自大 ・・・・・・ 42

不舒坦 ・・・・・・・ 43

束手無策 ・・・・・・ 44

得意忘形 ・・・・・・ 45

忍氣吞聲 ・・・・・・ 46

鬧彆扭、賭氣 ・・・・ 47

掃興 ・・・・・・・・・ 48

混亂 ・・・・・・・・・ 49

表情扭曲 ・・・・・・ 50

害羞 ・・・・・・・・・ 51

轉換心情 ・・・・・・ 52

尷尬 ・・・・・・・・・ 53

原來如此：課本上沒有的日語單字

壓力 · · · · · · · · · 54

慌張 · · · · · · · · · 55

情緒 · · · · · · · · · 56

涙流不止 · · · · · · 57

人際溝通篇　　58

同年紀 · · · · · · · · 58

非敬語 · · · · · · · · 59

同為母親的朋友 · · 60

神回應、妙答 · · · 61

別管我 · · · · · · · · 62

連續 · · · · · · · · · 63

出問題、惹麻煩 · 64

喝酒聚會 · · · · · · 65

網友聚會 · · · · · · 66

見外、疏遠 · · · · · 67

忽視 · · · · · · · · · 68

場面話 · · · · · · · · 69

讓人避之唯恐不及 70

騙 · · · · · · · · · · 71

元凶 · · · · · · · · · 72

口語表達篇　　73

全都、全部 · · · · · 73

沒錯、就是說啊 · · 74

了解、收到 · · · · · 75

廢物 · · · · · · · · · 76

煩人 · · · · · · · · · 77

超、厲害 · · · · · · 78

讓開 · · · · · · · · · 79

不到 1 天 · · · · · · 80

糟了 · · · · · · · · · 81

太棒了 · · · · · · · · 82

整天 · · · · · · · · · 83

絕不、再也不 · · · 84

非常、超級 · · · · · 85

很多、大量 · · · · · 86

批判、惡評 · · · · · 87

小型、小的 · · · · · 88

語無倫次 · · · · · · 89

給我 · · · · · · · · · 90

雙關語、冷笑話 · · 91

更何況、更別說 · · 92

電腦通訊篇　　93

目 錄

自拍 · · · · · · · · · · · 93

停止、當機 · · · · · · 94

伺服器癱瘓 · · · · · · 95

雲端 · · · · · · · · · · · 96

歷程記錄 · · · · · · · 97

用 google 搜尋 · · · 98

亂碼 · · · · · · · · · · · 99

垃圾郵件 · · · · · · 100

寄出 · · · · · · · · · · 101

複製貼上 · · · · · · 102

待機畫面 · · · · · · 103

病毒 · · · · · · · · · · 104

上傳 · · · · · · · · · · 105

附上 · · · · · · · · · · 106

刪除 · · · · · · · · · · 107

沒電 · · · · · · · · · · 108

遊戲篇   **109**

猜拳 · · · · · · · · · · 109

真心話大冒險 · · · 110

猜背上的字 · · · · · 111

比手畫腳 · · · · · · 112

比腕力 · · · · · · · · 113

模仿 · · · · · · · · · · 114

魔術 · · · · · · · · · · 115

整人 · · · · · · · · · · 116

文字接龍 · · · · · · 117

大風吹 · · · · · · · · 118

捉鬼遊戲 · · · · · · 119

懲罰 · · · · · · · · · · 120

桌遊 · · · · · · · · · · 121

線上遊戲 · · · · · · 122

角色 · · · · · · · · · · 123

高級玩家、遊戲玩家

· · · · · · · · · · · · · 124

藝文影視篇   **125**

戲院、劇場 · · · · · 125

崇拜者 · · · · · · · · 126

追星 · · · · · · · · · · 127

先買到 · · · · · · · · 128

受歡迎、好笑 · · · 129

搞笑失敗 · · · · · · 130

爆（劇情）雷、劇透 · ·

原來如此：課本上沒有的日語單字

· · · · · · · · · · · · · 131

大綱 · · · · · · · · · · 132

優先 · · · · · · · · · · 133

延遲 · · · · · · · · · · 134

藝人、藝術家 · · · 135

公布、上映 · · · · · 136

假裝演奏的樂團 · 137

對嘴 · · · · · · · · · · 138

退出 · · · · · · · · · · 139

同人誌 · · · · · · · · 140

運動體育篇　141

健身房 · · · · · · · · 141

健身、訓練 · · · · · 142

肌肉 · · · · · · · · · · 143

晨間練習 · · · · · · 144

伏地挺身 · · · · · · 145

伸展 · · · · · · · · · · 146

有氧運動 · · · · · · 147

水上運動 · · · · · · 148

冬季運動 · · · · · · 149

啞鈴 · · · · · · · · · · 150

肌肉痠痛 · · · · · 151

缺乏運動 · · · · · 152

練習動作 · · · · · 153

競技比賽篇　154

對手 · · · · · · · · · 154

慘敗 · · · · · · · · · 155

加油 · · · · · · · · · 156

聲援 · · · · · · · · · 157

支持 · · · · · · · · · 158

犯錯 · · · · · · · · · 159

犯錯、出錯 · · · · 160

抄襲 · · · · · · · · · 161

技巧、訣竅 · · · · 162

小看、瞧不起 · · · 163

平分秋色、平手 · 164

王牌、殺手鐧 · · · 165

報仇、再挑戰 · · · 166

塑身整型篇　167

微整型 · · · · · · · · 167

整、動 · · · · · · · · 168

胖子 · · · · · · · · · · 169

原來如此：課本上沒有的日語單字

目 錄

幸福肥 ・・・・・・・170

代謝症候群、肥胖 171

健美、有肌肉 ・・・172

瘦得皮包骨・・・・・173

復胖 ・・・・・・・・174

體型、外型・・・・・175

外在美容篇　　176

改變形象 ・・・・・176

醜得可愛 ・・・・・177

醜 ・・・・・・・・・178

業餘模特兒・・・・・179

穿搭 ・・・・・・・・180

瞳孔放大片・・・・・181

美容、美體・・・・・182

皮膚保養 ・・・・・183

帥哥 ・・・・・・・・184

風潮流行篇　　185

熱潮 ・・・・・・・・185

可行 ・・・・・・・・186

順利進行 ・・・・・187

潮流 ・・・・・・・・188

陳舊、老氣・・・・・189

流行 ・・・・・・・・190

搭便車、利用 ・・・191

流行語 ・・・・・・・192

世風日下、末世 ・193

新鮮感 ・・・・・・・194

當紅炸子雞・・・・・195

發燒客、愛跟流行的

人・・・・・・・・・・196

戀愛篇　　197

戀愛話題 ・・・・・197

放閃、炫耀感情・198

告白 ・・・・・・・・199

聯誼 ・・・・・・・・200

婚友聯誼活動・・・201

交往、往來・・・・・202

結婚 ・・・・・・・・203

挽著手臂 ・・・・・204

相同的 ・・・・・・・205

同居 ・・・・・・・・206

原來如此：課本上沒有的日語單字

同居但沒登記結婚 207

先有後婚 ‥‥‥ 208

大男人主義‥‥‥ 209

妻管嚴、女權至上 210

被甩、被拋棄‥‥ 211

分開住、分居‥‥ 212

偷吃、劈腿‥‥‥ 213

重修舊好 ‥‥‥ 214

為愛煩惱 ‥‥‥ 215

單相思 ‥‥‥‥ 216

身體部位篇 217

脛骨 ‥‥‥‥‥ 217

膝蓋 ‥‥‥‥‥ 218

大腿 ‥‥‥‥‥ 219

腳踝 ‥‥‥‥‥ 220

足弓 ‥‥‥‥‥ 221

美人尖 ‥‥‥‥ 222

髮旋 ‥‥‥‥‥ 223

黑眼圈 ‥‥‥‥ 224

鼻翼 ‥‥‥‥‥ 225

人中 ‥‥‥‥‥ 226

臉頰 ‥‥‥‥‥ 227

慣用手 ‥‥‥‥ 228

生理狀態篇 229

打嗝 ‥‥‥‥‥ 229

小腿抽筋 ‥‥‥ 230

浮腫、水腫‥‥‥ 231

沒睡醒 ‥‥‥‥ 232

夏季精神不振‥‥ 233

5 月常見的身心疲勞‥
‥‥‥‥‥‥‥‥ 234

沒力氣、沒勁‥‥ 235

雞皮疙瘩 ‥‥‥ 236

缺氧 ‥‥‥‥‥ 237

恐懼症 ‥‥‥‥ 238

因時差而不適‥‥ 239

宿醉 ‥‥‥‥‥ 240

暈車 ‥‥‥‥‥ 241

疾病篇 242

裝病 ‥‥‥‥‥ 242

宿疾 ‥‥‥‥‥ 243

原來如此：課本上沒有的日語單字

目 錄

發炎 · · · · · · · · · 244

異位性皮膚炎 · · · 245

水泡 · · · · · · · · · 246

鞋子磨腳 · · · · · 247

針眼 · · · · · · · · · 248

胃灼熱、吐酸水 · 249

孕吐 · · · · · · · · · 250

鼻塞 · · · · · · · · · 251

食物中毒 · · · · · 252

過敏 · · · · · · · · · 253

瘀血、瘀青 · · · · · 254

診斷治療篇　255

病歷 · · · · · · · · · 255

疫苗 · · · · · · · · · 256

復健 · · · · · · · · · 257

中藥 · · · · · · · · · 258

藥錠 · · · · · · · · · 259

拐杖 · · · · · · · · · 260

OK 繃 · · · · · · · · · 261

喜好篇　262

癖好 · · · · · · · · · 262

愛上 · · · · · · · · · 263

莫名討厭、反感 · 264

類型、喜歡的型 · 265

經典款 · · · · · · · 266

最推薦 · · · · · · · 267

寵愛孩子的父母 · 268

中獎 · · · · · · · · · 269

落空、不如預期 · 270

吃虧 · · · · · · · · · 271

不需要 · · · · · · · 272

飲食篇　273

家庭餐廳 · · · · · · 273

大胃王 · · · · · · · 274

愛甜食的人 · · · · · 275

吃點心 · · · · · · · 276

小酌 · · · · · · · · · 277

不會喝酒 · · · · · 278

沒喝酒清醒時 · · · 279

嘔吐 · · · · · · · · · 280

電子香菸 · · · · · 281

卡通便當 · · · · · 282

原來如此：課本上沒有的日語單字

微波加熱 ‥‥‥‥ 283

大顯身手 ‥‥‥‥ 284

交通篇　　285

上班尖峰 ‥‥‥‥ 285

遇到意外 ‥‥‥‥ 286

通過 ‥‥‥‥‥‥ 287

最後的電車 ‥‥‥ 288

等紅燈 ‥‥‥‥‥ 289

暫停發車 ‥‥‥‥ 290

動彈不得 ‥‥‥‥ 291

接送 ‥‥‥‥‥‥ 292

爆胎 ‥‥‥‥‥‥ 293

職場篇　　294

濫用職權 ‥‥‥‥ 294

尼特族、無業人士 295

打工族 ‥‥‥‥‥ 296

加班無加班費 ‥‥ 297

因結婚而離職 ‥‥ 298

裁員 ‥‥‥‥‥‥ 299

降職 ‥‥‥‥‥‥ 300

升職 ‥‥‥‥‥‥ 301

精英 ‥‥‥‥‥‥ 302

幹勁 ‥‥‥‥‥‥ 303

照常運轉 ‥‥‥‥ 304

特休假 ‥‥‥‥‥ 305

校園篇　　306

入學考試 ‥‥‥‥ 306

社團活動、校隊 ‥ 307

班會 ‥‥‥‥‥‥ 308

霸凌 ‥‥‥‥‥‥ 309

偷懶 ‥‥‥‥‥‥ 310

點名 ‥‥‥‥‥‥ 311

升學補習班 ‥‥‥ 312

重考生 ‥‥‥‥‥ 313

就業升學輔導 ‥‥ 314

就職活動、找工作 315

原來如此

課本上沒有的 日語單字

「ブサカワ」？
「ウケる」？
「イメチェン」？

日本人都在用，你還不知道？

精通日語，
只靠課本還不夠！
告訴你日本人
生活中都在講什麼
課本裡學不到的日語單字

ばくが
爆買い

瘋狂購物

ba.ku.ga.i.

說明

　「爆買い」原是指近年中國觀光客在日本大量購物的情況，現在則用來形容各種瘋狂大量購買的行為。「爆」等同於中文裡的「超」、「狂」，如「爆安 (ばくやす)」就是「超便宜」之意。

例句

にほん　りょこう　き　かんこうきゃく　　　　でんかせいひん
日本へ旅行に来た観光客はみんな電化製品
ばくが
を爆買いしている。

ni.ho.n.e./ryo.ko.u.ni./ki.ta./ka.n.ko.u.kya.ku.wa./mi.n.na./de.n.ka.se.i.hi.no./ba.ku.ga.i./shi.te./i.ru.

來日本旅行的觀光客都瘋狂購買電器。

相關單字

か　もの 買い物する	購物 ka.i.mo.no.su.ru.
おにが 鬼買い	狂買 o.ni.ga.i.
か　あさ 買い漁る	大量購買 ka.i.a.sa.ru.

まとめ買<ruby>い<rt>が</rt></ruby>　購齊

ma.to.me.ga.i.

說明

「まとめ」是整理、總結之意。「まとめ買い」是指購物時把東西同時買齊。例如同時購齊整套漫畫，或 1 次購入需要用的相關商品，就是「まとめ買い」。

例句

<ruby>節約<rt>せつやく</rt></ruby>のために 1 <ruby>週間分<rt>いっしゅうかんぶん</rt></ruby>の<ruby>食材<rt>しょくざい</rt></ruby>をまとめ買<ruby><rt>が</rt></ruby>いしました。

se.tsu.ya.ku.no./ta.me.ni./i.sshu.u.ka.n.bu.n.no./sho.ku.za.i.o./ma.to.me.ga.i./shi.ma.shi.ta.

為了省錢，把 1 星期分的食材 1 次買齊。

相關單字

お<ruby>買い得品<rt>か　　どくひん</rt></ruby>	很划算的商品 o.ka.i.do.ku.hi.n.
おまけ	贈品 o.ma.ke.
<ruby>割引<rt>わりびき</rt></ruby>	折扣 wa.ri.bi.ki.

おとなが
大人買い

闊綽地購買

o.to.na.ga.i.

說明

像大人一樣購入高額或大量的商品，就是「大人買い」。這個字的流行是源自食玩剛出現時，為收集零食所附的玩具，而大量購入商品的現象。

例句

ずっと欲しかったマンガを全巻大人買いして、満足しました。

zu.tto./ho.shi.ka.tta./ma.n.ga.o./ze.n.ka.n./o.to.na.ga.i./shi.te./ma.n.zo.ku./shi.ma.shi.ta.

闊綽地買下全套一直想要的漫畫，覺得很滿足。

相關單字

しょうどうが 衝動買い	衝動購物 sho.u.do.u.ga.i.
こうばいいよく 購買意欲	購買欲 ko.u.ba.i.i.yo.ku.
か ものじょうず お買い物上手	精打細算 o.ka.i.mo.no.jo.u.zu.

まける

打折

ma.ke.ru.

説明

「まける」是指購物時減價或送東西的動作。買東西時想請店家給點折扣，可以說「少しまけてくれませんか」。這個字衍生出名詞「おまけ」，指的是商品所附贈的小禮物。

例句

たくさん買ったので、店に少し値段をまけ

てもらいました。

ta.ku.sa.n./ka.tta./no.de./mi.se.ni./su.ko.shi./ne.da.n.o./ma.ke.te./mo.ra.i.ma.shi.ta.

因為買了很多，所以店家給了我一點折扣。

相關單字

値下げ	降價 ne.sa.ge.
セール	特賣 se.e.ru.
在庫処分	出清存貨 za.i.ko.sho.bu.n.

きんけつ
金欠

缺錢

ki.n.ke.tsu.

說明

　「金欠」是缺錢的意思，「欠」是缺乏的意思。相關的字還有「金欠病（きんけつびょう）」，意思是因為沒錢而窮到快生病的意思。

例句

こんげつ　きんけつ　せいかつ　くる
今月も金欠で生活が苦しいです。

ko.n.ge.tsu.mo./ki.n.ke.tsu.de./se.i.ka.tsu.ga./ku.ru.shi.i.de.su.

這個月也因為缺錢生活很困苦。

相關單字

ひ　くるま 火の車	手頭緊 hi.no.ku.ru.ma.
せつやく 節約	節約 se.tsu.ya.ku.
かねぐ 金繰り	資金運用 ka.ne.gu.ri.

無駄使い

むだづか

浪費

mu.da.zu.ka.i.

說明

「無駄」是無用的意思，「無駄使い」是將時間或金錢、精力浪費在沒有用的地方之意。

例句

ネットで時間の無駄遣いしないで部屋を
じかん　　むだづか　　　　　　　　　　　　へ や
片付けなさい。
かたづ

ne.tto.de./ji.ka.n.no./mu.da.zu.ka.i./shi.na.i.de./
he.ya.o./ka.ta.zu.ke.na.sa.i.

不要把時間浪費在網路上，快去整理房間。

相關單字

浪費 ろうひ	浪費 ro.u.hi.
もったいない	可惜 mo.tta.i.na.i.
散財 さんざい	花錢、散財 sa.n.za.i.

行^いきつけ　常去

i.ki.tsu.ke.

說明

「行きつけ」是經常去而變得很熟的地方。如「行きつけの店」是常去的店、「行きつけの公園」是常去的公園；店裡的老顧客則是「常連」。

例句

行^いきつけの店^{みせ}のいつもの席^{せき}でランチをしました。

i.ki.tsu.ke.no./mi.se.no./i.tsu.mo.no./se.ki.de./ra.n.chi.o./shi.ma.shi.ta.

在常去的店的老位子吃了午餐。

相關單字

買^かい付^つけ	常去買 ka.i.tsu.ke.
常連^{じょうれん}	老客戶 jo.u.re.n.
老舗^{しにせ}	老店 shi.ni.se.

パシリ 跑腿

pa.shi.ri.

說明

「パシリ」這個字是由「使い走り」省略而來，意思是收到命令去幫人跑腿辦事。

例句

<ruby>先輩<rt>せんぱい</rt></ruby>のパシリでジュースを<ruby>買<rt>か</rt></ruby>いに<ruby>行<rt>い</rt></ruby>かされました。

se.n.pa.i.no./pa.shi.ri.de./ju.u.su.o./ka.i.ni./i.ka.sa.re.ma.shi.ta.

被前輩叫去跑腿買果汁。

相關單字

<ruby>使<rt>つか</rt></ruby>い<ruby>走<rt>ばし</rt></ruby>り	跑腿 tsu.ka.i.ba.shi.ri.
<ruby>便利屋<rt>べんりや</rt></ruby>	代做各種事的業者 be.n.ri.ya.
<ruby>依頼<rt>いらい</rt></ruby>	請託、下訂 i.ra.i.

ご褒美 _{ほうび}

獎勵

go.ho.u.bi.

說明

「ご褒美」原是稱讚之意，也可以用來指為表示稱讚而給予的金錢或物品。

例句

<ruby>今月<rt>こんげつ</rt></ruby><ruby>頑張<rt>がんば</rt></ruby>ったから、<ruby>自分<rt>じぶん</rt></ruby>へのご<ruby>褒美<rt>ほうび</rt></ruby>に<ruby>服<rt>ふく</rt></ruby>を<ruby>買<rt>か</rt></ruby>いました。

ko.n.ge.tsu./ga.n.ba.tta./ka.ra./ji.bu.n.e.no./go.ho.u.bi.ni./fu.ku.o./ka.i.ma.shi.ta.

這個月很努力，所以買衣服給自己當獎勵。

相關單字

ご褒美貧乏 _{ほうびびんぼう}	因獎勵自己而透支 go.ho.u.bi.bi.n.bo.u.
プチ贅沢 _{ぜいたく}	小小的奢華 pu.chi.ze.i.ta.ku.
差し入れ _{さ　い}	慰勞品 sa.shi.i.re.

ポチる（ポチッとする）點擊、買

po.chi.ru.

說明

「ポチる」也可以說「ポチッとする」，是將「ポチッ」動詞化加上「る」；「ポチッ」是滑鼠按鍵的聲音，後來就用來借指網購時，按下確定鍵購買。

例句

もうゲームは買<small>か</small>わないと心<small>こころ</small>に決<small>き</small>めたのに、

またポチッとしてしまいました。

mo.u./ge.e.mu.wa./ka.wa.na.i.to./ko.ko.ro.ni./
ki.me.ta./no.ni./ma.ta./po.chi.tto./shi.te./shi.
ma.i.ma.shi.ta.

明明下決心不再買遊戲，又不小心按了下去。

相關單字

ネット通販<small>つうはん</small>	網路購物 ne.tto.tsu.u.ha.n.
注文<small>ちゅうもん</small>する	訂購 chu.u.mo.n.su.ru.
カート	購物車 ka.a.to.

お金を下ろす
かね　お

領錢

o.ka.ne.o.o.ro.su.

說明

　　「下ろす」這個字是將東西移出、取出的意思，故「お金を下ろす」就是將錢取出之意，用於去銀行領錢或 ATM 提錢。存錢則是「お預かり (おあずかり)」或「お金を入れる」。

例句

銀行へ行ってお金を下ろしてきました。
ぎんこう　い　　　　　かね　お

gi.n.ko.u.e./i.tte./o.ka.ne.o./o.ro.shi.te./ki.ma.shi.ta.

去銀行領了錢。

相關單字

振込 ふりこみ	轉帳 fu.ri.ko.mi.
ネットバンキング	網路銀行 ne.tto.ba.n.ki.n.gu.
残高 ざんだか	餘額 za.n.da.ka.

とんで

又、再

to.n.de.

說明

「とんで」是越過、跳過的意思。在口述數字時，如果數字中間幾位數是0，將0省略、跳過不說就是「とんで」。如「10002円」，就說成「10000とんで2円」。

例句

<ruby>昨日<rt>きのう</rt></ruby>の<ruby>食事代<rt>しょくじだい</rt></ruby>は5<ruby>万<rt>ごまん</rt></ruby>とんで１２<ruby>円<rt>じゅうにえん</rt></ruby>でした。

ki.no.u.no./sho.ku.ji.da.i.wa./go.ma.n./to.n.de./
ju.u.ni.e.n./de.shi.ta.

昨天的餐飲費是 5 萬零 12 日圓。

相關單字

	位數
<ruby>桁<rt>けた</rt></ruby>	ke.ta.
<ruby>繰<rt>く</rt></ruby>り<ruby>上<rt>あ</rt></ruby>げ	進位
	ku.ri.a.ge.
<ruby>切<rt>き</rt></ruby>り<ruby>捨<rt>す</rt></ruby>て	捨去
	ki.ri.su.te.

購 物 篇　(MP3 011)

取り寄せ
と　　　　よ

訂貨、調貨

to.ri.yo.se.

說明

「取り寄せ」是訂購商品後請方對方送來，當店裡沒有該項商品請店家調貨就是「取り寄せ」，在網路上訂貨也可以用「取り寄せ」。

例句

げんていしょうひん

この限定商品はインターネットで取り寄
と　　　よ

せできるようです。

ko.no./ge.n.te.i.sho.u.hi.n.wa./i.n.ta.a.ne.tto.de./
to.ri.yo.se./de.ki.ru./yo.u.de.su.

這限量商品好像能在網路上訂到貨。

相關單字

したど 下取り	折舊換新
	shi.ta.do.ri.
とくちゅう 特注	特別訂做
	to.ku.chu.u.
よやくせい 予約制	預約制
	yo.ya.ku.se.i.

ラベル　　　　標籤

ra.be.ru.

說明

　　「ラベル」是英語的「label」，指貼在商品上面的標籤，除了正面品名的標籤之外，標示成分等訊息的貼紙也是「ラベル」。

例句

ドッグフードを購入するとき、必ずラベルを読んでから選びます。

do.ggu.fu.u.do.o./ko.u.nyu.u./su.ru./to.ki./ka.na.ra.zu./ra.be.ru.o./yo.n.de./ka.ra./e.ra.bi.ma.su.

買狗食時，一定會閱讀過標籤之後再做選擇。

相關單字

パッケージ	包裝
	pa.kke.e.ji.
値札	標價
	ne.fu.da.
シール	貼紙
	shi.i.ru.

うぬぼれ 自戀

u.nu.bo.re.

説明

「うぬぼれ」的動詞是「うぬぼれる」。類似的詞有「自画自賛 (じがじさん)」(自我稱讚)、「ナルシシスト」(自戀狂)。

例句

あの人、仕事もできないくせに、うぬぼれが強い。

a.no.hi.to./shi.go.to.mo./de.ki.na.i./ku.se.ni./u.nu.bo.re.ga./tsu.yo.i.

那個人，明明工作都做不好，還很自戀。

相關單字

自己中心 じこちゅうしん	自私、自以為是 ji.ko.chu.u.shi.n.
ナルシシスト	自戀 na.ru.shi.shi.su.to.
思い上がり おもあ	自以為了不起 o.mo.i.a.ga.ri.

気取り
きど

以…自居

ki.do.ri.

說明

　　「気取り」是從動詞「気取る」來的。「気取る」是做作、裝作的意思，用來形容自以為是某個身分，以該身分自居，舉止動作都裝成那個樣子。

例句

あの人、インテリ気取りでアートを語っているが、内容は大して深くない。

a.no.hi.to./i.n.te.ri./ki.do.ri.de./a.a.to.o./ka.ta.tte./i.ru.ga./na.i.yo.u.wa./ta.i.shi.te./fu.ka.ku.na.i.

那人自以為是知識分子高談藝術，但內容卻一點也不深入。

相關單字

嫌味 いやみ	令人不快的言行 i.ya.mi.
仮面 かめん	假面具 ka.me.n.
振る舞い ふ　ま	行動 fu.ru.ma.i.

なまいき
生意気　　　狂妄自大

na.ma.i.ki.

說明

「生意気」通常用來形容年輕人對長輩的態度很自大沒禮貌。相反的，有禮的態度則是「謙虚（けんきょ）」（謙虛）、「礼儀正しい（れいぎただしい）」（有禮）。

例句

昨日酔っぱらって、上司に生意気な口をきいてしまった。

ki.no.u./yo.ppa.ra.tte./jo.u.shi.ni./na.ma.i.ki.na./ku.chi.o./ki.i.te./shi.ma.tta.

昨天喝醉了，用狂妄的語氣對上司講話。

相關單字

図々しい ずうずう	死纏爛打、厚顏無恥 zu.u.zu.u.shi.i.
厚かましい あつ	厚臉皮、不要臉 a.tsu.ka.ma.shi.i.
無礼 ぶれい	失禮 bu.re.i.

のんびり屋 個性悠哉

no.n.bi.ri.ya.

說明

「のんびり」是悠閒自在的意思，「のんびり屋」是指個性很悠哉的人。日文中常見「屋」是「～的人」之意，除了「のんびり屋」之外，還有「寂しがり屋」(怕寂寞的人)、「寒がり屋」(怕冷的人)...等。

例句

あの子は丁寧なのですが、のんびり屋で仕事が遅いです。

a.no.ko.wa./te.i.ne.i.na.no.de.su.ga./no.n.bi.ri.ya.de./shi.go.to.ga./o.so.i.de.su.

那孩子雖然仔細，但個性悠哉工作慢。

相關單字

マイペース	我行我素
	ma.i.pe.e.su.
おおらか	大方豁達
	o.o.ra.ka.
呑気	慢條斯理
	no.n.ki.

お節介

せっかい

多管閒事

o.se.kka.i.

說明

「お節介」是熱心到多管閒事的意思。如果單純指熱心或是很關心他人，可以說「世話好き」（很會照顧人）或是「親切（しんせつ）」（親切）。

例句

人を助けるつもりでも、ときにはお節介な
ひと たす   せっかい
人と思われる。
ひと おも

hi.to.o./ta.su.ke.ru./tsu.mo.ri./de.mo./to.ki.ni.wa./
o.se.kka.i.na./hi.to.to./o.mo.wa.re.ru.

即使想助人，有時也會被認為是多管閒事的人。

相關單字

でしゃばり	多嘴、多事
	de.sha.ba.ri.
世話好き せ わ ず	愛照顧人
	se.wa.zu.ki.
大きなお世話 おお せ わ	多管閒事
	o.o.ki.na.o.se.wa.

へんくつ
偏屈

乖僻頑固

he.n.ku.tsu.

說明

　　「偏屈」是指人的個性很固執、不夠坦白，或是個性很扭曲、彆扭。其他如「気難しい」、「へそ曲がり」、「つむじ曲がり」…等都是類似的意思。

例句

あの人は融通がきかない偏屈な人です。

a.no.hi.to.wa./yu.u.zu.u.ga./ki.ka.na.i./he.n.ku.tsu.na./hi.to.de.su.

那人是個死腦筋個性乖僻的人。

相關單字

きむずか 気難しい	難搞 ki.mu.zu.ka.shi.i.
ひねくれ者もの	個性彆扭 hi.ne.ku.re.mo.no.
へそ曲がりま	乖僻 he.so.ma.ga.ri.

きまじめ
生真面目　　一本正經

ki.ma.ji.me.

說明

　「真面目」是認真、正經的意思，「生真面目」則是非常認真、一本正經，過分認真到有點不知變通、死心眼之意。

例句

かちょう せきにんかん つよ　　きまじめ　ひと
課長は責任感が強い、生真面目な人です。

ka.cho.u.wa./se.ki.ni.n.ka.n.ga./tsu.yo.i./ki.ma.ji.me.na./hi.to.de.su.

課長是很有責任感，非常認真的人。

相關單字

かたぶつ 堅物	耿直 ka.ta.bu.tsu.
きちょうめん 几帳面	一絲不苟 ki.cho.u.me.n.
しんけん 真剣	認真 shi.n.ke.n.

ぶりっ子 <ruby>子<rt>こ</rt></ruby> 装模作樣的人

bu.ri.kko.

説明

「ぶりっ子」是通常是用來指很做作的女生，類似的詞還有「かまととぶりっ子」，也是用來指做作、裝模作樣的女生。

例句

<ruby>彼女<rt>かのじょ</rt></ruby>は<ruby>好<rt>す</rt></ruby>きな<ruby>人<rt>ひと</rt></ruby>の<ruby>前<rt>まえ</rt></ruby>でぶりっ<ruby>子<rt>こ</rt></ruby>しています。

ka.no.jo.wa./su.ki.na./hi.to.no./ma.e.de./bu.ri.kko./shi.te./i.ma.su.

她在喜歡的人面前總是很裝模作樣。

相關單字

いい<ruby>子振<rt>こぶ</rt></ruby>ってる	裝乖 i.i.ko.bu.tte.ru.
<ruby>猫<rt>ねこ</rt></ruby>かぶり	裝文靜 ne.ko.ka.bu.ri.
<ruby>見<rt>み</rt></ruby>せかけ	假象 mi.se.ka.ke.

MP3 016

のうてんき
能天気 　　　輕率

no.u.te.n.ki.

說明

　「能天気」也可以寫成「脳天気」，用來形容人的個性很樂天悠哉，以致於對什麼事情的態度都很隨便輕率。

例句

はは ものごと ふか かんが
母は物事を深く考えない、能天気な性格

です。

ha.ha.wa./mo.no.go.to.o./fu.ka.ku./ka.n.ga.e.na.i./no.u.te.n.ki.na./se.i.ka.ku.de.su.

母親什麼事都不會想太多，個性很隨便。

相關單字

らくてんてき 楽天的	樂觀
	ra.ku.te.n.te.ki.
むしんけい 無神経	粗線條、不為他人著想
	mu.shi.n.ke.i.
プラス思考 しこう	正面思考
	pu.ra.su.shi.ko.u.

チャラい　　　　輕浮

cha.ra.i.

說明

　　「チャラい」是從「チャラチャラ」一詞省略而來的，字尾的「い」則是將這個詞形容詞化。「チャラチャラ」是用來形容人的發言或動作非常地輕薄不穩重，也可以形容衣著誇張但看來廉價。

例句

あの選手、一見チャラいけど実は真面目で努力家です。

a.no./se.n.shu./i.kke.n./cha.ra.i./ke.do./ji.tsu.wa./ma.ji.me.de./do.ryo.ku.ka.de.su.

那位選手乍看很輕浮，其實是很認真努力的人。

相關單字

軽い	輕浮
	ka.ru.i.
軽薄	輕率
	ke.i.ha.ku.
遊び人	游手好閒、愛玩的人
	a.so.bi.ni.n.

ひとなつ
人懐っこい　容易親近

hi.to.na.tsu.kko.i.

說明

　「人懐っこい」的意思是很容易和人打成一片、容易親近。也可以說「親しやすい (したしやすい)」(容易親近)。

例句

うちの子供は人見知りをしない、人懐っこい子です。

u.chi.no./ko.do.mo.wa./hi.to.mi.shi.ri.o./shi.na.i./
hi.to.na.tsu.kko.i.ko.de.su.

我的孩子不會怕生，是很親近人的孩子。

相關單字

親しい	熟悉親近 shi.ta.shi.i.
仲良し	感情好 na.ka.yo.shi.
気やすい	輕鬆、不必拘泥 ki.ya.su.i.

無邪気
むじゃき

天真無邪

mu.ja.ki.

説明

　「無邪気」是用來形容小孩子天真無邪、很純真不作假的樣子。

例句

こども　むじゃき　えがお　うた　うた
子供が無邪気な笑顔で歌を歌っています。

ko.do.mo.ga./mu.ja.ki.na./e.ga.o.de./u.ta.o./u.ta.
tte./i.ma.su.

孩子帶著天真無邪的笑容唱著歌。

相關單字

てんしんらんまん 天真爛漫	天真浪漫 te.n.shi.n.ra.n.ma.n.
ナイーブ	純真 na.i.i.bu.
ういうい 初々しい	未經世故、純真 u.i.u.i.shi.i.

天狗になる　驕傲自大

てんぐ

te.n.gu.ni.na.ru.

說明

「天狗」是日本傳說中的妖怪，天狗的臉很紅，鼻子非常地長。在日文裡會用鼻子長 (鼻が高い) 來表示驕傲、自負，故也用鼻子長的天狗來比喻自鳴得意、驕傲自大的人。

例句

かれ　たいかい　ゆうしょう　　　　　　　　　　てんぐ

彼は大会で優勝してから天狗になった。

ka.re.wa./ta.i.ka.i.de./yu.u.sho.u.shi.te./ka.ra./te.n.gu.ni./na.tta.

他在大會得到優勝後就變得驕傲。

相關單字

じまんばなし 自慢話	自吹自擂的話 ji.ma.n.ba.na.shi.
えら 偉そう	自以為了不起 e.ra.so.u.
はな 鼻にかける	自鳴得意 ha.na.ni.ka.ke.ru.

もやもや　不舒坦

mo.ya.mo.ya.

說明

　「もやもや」本來是指因煙霧而看不清的樣子，延伸形容心情或是狀況不明，導致心中有所牽掛而覺得不舒坦。

例句

<ruby>昨日<rt>きのう</rt></ruby><ruby>会<rt>あ</rt></ruby>った<ruby>人<rt>ひと</rt></ruby>の<ruby>名前<rt>なまえ</rt></ruby>が<ruby>思<rt>おも</rt></ruby>い<ruby>出<rt>だ</rt></ruby>せなくてず

っともやもやしています。

ki.no.u./a.tta./hi.to.no./na.ma.e.ga./o.mo.i.da.
se.na.ku.te./zu.tto./mo.ya.mo.ya./shi.te./i.ma.su.

想不起昨天遇見的人的名字，一直覺得不舒坦。

相關單字

すっきりしない	不暢快
	su.kki.ri.shi.na.i.
<ruby>悶々<rt>もんもん</rt></ruby>	苦悶、苦惱
	mo.n.mo.n.
<ruby>歯<rt>は</rt></ruby>がゆい	心焦、心急
	ha.ga.yu.i.

お手上げ

て　あ

束手無策

o.te.a.ge.

說明

「手を上げる」是舉手的意思。「お手上げ」是將其名詞化，形容問題難以解決只好舉手投降的情況。

例句

いろいろ調べてみたのですが、この問題には本当にお手上げです。

しら・もんだい・ほんとう・て　あ

i.ro.i.ro./shi.ra.be.te./mi.ta.no.de.su.ga./ko.no./mo.n.da.i.ni.wa./ho.n.to.u.ni./o.te.a.ge.de.su.

各方面都查了，對這問題真的束手無策。

相關單字

降参 こうさん	投降 ko.u.sa.n.
参りました まい	我認輸 ma.i.ri.ma.shi.ta.
諦める あきら	放棄 a.ki.ra.me.ru.

調子に乗る

ちょうし の

得意忘形

cho.u.shi.ni.no.ru.

說明

「調子」是指事情進行的狀態，「調子に乗る」表示事情進行得很順利，也可以用來形容事情進行的不錯或是氣氛很好時，忍不住得意忘形而做出了輕率的舉動。

例句

久しぶりの同窓会で、つい調子に乗って酒を飲みすぎてしまいました。

hi.sa.shi.bu.ri.no./do.u.so.u.ka.i.de./tsu.i.cho.u.shi.ni./no.tte./sa.ke.o./no.mi.su.gi.te./shi.ma.i.ma.shi.ta.

久違的同學會，玩過了頭不小心喝太多。

相關單字

はしゃぐ	嬉鬧
	ha.sha.gu.
はじける	狂歡
	ha.ji.ke.ru.
羽目を外す	玩過頭
	ha.me.o.ha.zu.su.

泣き寝入り

忍氣吞聲

na.ki.ne.i.ri.

說明

「泣き寝入り」是指人受到了委屈、吃了虧但無能為力只能哭著入睡的情況，用來形容人有苦說不出、只能忍氣吞聲。

例句

親戚のおばさんが詐欺にあって泣き寝入りしています。

shi.n.se.ki.no./o.ba.sa.n.ga./sa.gi.ni./a.tte./na.ki.ne.i.ri./shi.te./i.ma.su.

親戚裡的阿姨遇到了詐欺，委屈地忍氣吞聲。

相關單字

ふて寝	嘔氣 fu.te.ne.
不服	不服氣 fu.fu.ku.
絶望	絶望 ze.tsu.bo.u.

ふてくされる　鬧彆扭、賭氣

fu.te.ku.sa.re.ru.

說明

「ふてくされる」是指心中有所不滿，所以表現出反抗或不服的態度；也可以用來形容人「擺臭臉」。

例句

しんじん　かちょう　しか
新人は課長に叱られたらふてくされて、
だれ　くち
誰とも口をきかなくなった。

shi.n.ji.n.wa./ka.cho.u.ni./shi.ka.ra.re.ta.ra./fu.te.
ku.sa.re.te./da.re.to.mo./ku.chi.o./ki.ka.na.ku.
na.tta.

新人被課長罵了之後鬧彆扭，都不和人講話。

相關單字

やさぐれる	鬧彆扭 ya.sa.gu.re.ru.
ふきげん 不機嫌	不開心 fu.ki.ge.n.
きげん ご機嫌ななめ	心情不好 go.ki.ge.n.na.na.me.

あっけない　掃興

a.kke.na.i.

説明

　「あっけない」是指事情比想像中的還沒內容、不有趣，因不符合事前的期望而覺得掃興或不過癮。

例句

いっしょうけんめいれんしゅう
一生懸命練習してきたけど、初戦で
　　　　　　　　　　　　　　　やぶ
あっけなく敗れた。

i.ssho.u.ke.n.me.i./re.n.shu.u./shi.te./ki.ta./ke.do./sho.se.n.de./a.kke.na.ku./ya.bu.re.ta.

雖然盡全力練習，但在第 1 戰就很掃興地被輕易打敗。

相關單字

きたい 期待はずれ	不如預期
	ki.ta.i.ha.zu.re.
ものた 物足りない	不足、缺少一點
	mo.no.ta.ri.na.i.
ひょうしぬ 拍子抜けする	失望
	hyo.u.shi.nu.ke.su.ru.

カオス　　　　混亂

ka.o.su.

說明

　　「カオス」原是指宇宙形成之前的混沌狀態；用來形容事物的情況很混亂、沒有秩序。常用的用法有「頭がカオス化になった」（頭腦一片混亂）、「カオス状態」（混亂狀態）。

例句

フランス語の授業は覚えることが色々ありすぎて、頭がカオスです。

fu.ra.n.su.go.no./ju.gyo.u.wa./o.bo.e.ru./ko.to.ga./i.ro.i.ro./a.ri.su.gi.te./a.ta.ma.ga./ka.o.su.de.su.

法語課要記的東西太多了，頭腦一片混亂。

相關單字

グチャグチャ	亂七八糟 gu.cha.gu.cha.
混乱	混亂 ko.n.ra.n.
まひ状態	麻痺、停止思考 ma.hi.jo.u.ta.i.

しかめっ面 表情扭曲

shi.ka.me.ttsu.ra.

說明

「しかめっ面」是由「しかめる」而來;「しかめる」是指因疼痛或是不愉快而皺眉的動作,「しかめっ面」則是做這動作時的表情,用來形容面對厭惡的事物時出現痛苦扭曲的表情。

例句

薬 があまり苦いのでしかめっ面をして飲

みました。

ku.su.ri.ga./a.ma.ri./ni.ga.i./no.de./shi.ka.me.ttsu.ra.o./shi.te./no.mi.ma.shi.ta.

藥太苦了,帶著扭曲的表情吞了下去。

相關單字

渋い顔	不情願的樣子
しぶ かお	shi.bu.i.ka.o.
嫌な顔	很討厭的樣子
いや かお	i.ya.na.ka.o.
仏頂面	繃著臉
ぶっちょうづら	bu.ccho.u.zu.ra.

照れる
て

害羞

te.re.ru.

說明

「照れる」是覺得害羞、不好意思之意。相關的詞還有形容詞「照れくさい」，形容害羞的情況或心情。

例句

親友と見つめ合って照れちゃった。
しんゆう　み　あ　て

shi.n.yu.u.to./mi.tsu.me.a.tte./te.re.cha.tta.

和好朋友相視，覺得不好意思。

相關單字

照れくさい て	害羞 te.re.ku.sa.i.
恥じらう は	害羞 ha.ji.ra.u.
ツンデレ	外冷內熱、嬌蠻、傲嬌 tsu.n.de.re.

きぶんてんかん
気分転換　轉換心情

ki.bu.n.te.n.ka.n.

說明

　　「気分」是心情、氣氛的意思，轉換心情或換個氣氛，就叫「気分転換」。

例句

しあい　　とき　きんちょう　　　　　　　きぶんてんかん
試合の時に緊張してるから、気分転換で
おんがく　　き
音楽を聞きます。

shi.a.i.no./to.ki.ni./ki.n.cho.u./shi.te.ru./ka.ra./
ki.bu.n.te.n.ka.n.de./on.ga.ku.o./ki.ki.ma.su.

因為比賽時會緊張，所以聽音樂來轉換心情。

相關單字

リフレッシュ	煥然一新、重新振作
	ri.fu.re.sshu.
きば 気晴らし	解悶、散心
	ki.ba.ra.shi.
ぬ ガス抜き	抒壓
	ga.su.nu.ki.

気まずい

き

尷尬

ki.ma.zu.i.

說明

「気まずい」是指兩人間有不愉快或疙瘩還沒完全解決，所以氣氛還有點怪怪的，很尷尬。

例句

ともだち
友達とケンカして気まずくなった。

き

to.mo.da.chi.to./ke.n.ka./shi.te./ki.ma.zu.ku./na.tta.

和朋友吵架而變得很尷尬。

相關單字

ぎこちない	尷尬 gi.ko.chi.na.i.
ギクシャク	齟齬 gi.ku.sha.ku.
バツが悪い	尷尬 ba.tsu.ga.wa.ru.i.

ストレス　壓力

su.to.re.su.

說明

　　「ストレス」是壓力的意思，指因為外在環境而引發心中累積的抑鬱感。日文裡「プレッシャー」也是「壓力」的意思，但「プレッシャー」多半是指比賽或是有重大任務時，因責任感而引起的心理壓力。

例句

まいにちしごと
毎日仕事ばかりしていると、ストレスが溜

た
まります。

ma.i.ni.chi./shi.go.to./ba.ka.ri./shi.te./i.ru.to./su.to.re.su.ga./ta.ma.ri.ma.su.

每天老是工作的話，會累積壓力。

相關單字

プレッシャー	壓力 pu.re.ssha.a.
しんろう 心労	心情勞累 shi.n.ro.u.
ゆううつ	憂鬱 yu.u.u.tsu.

テンパる　慌張

te.n.pa.ru.

說明

　　「テンパる」的源自麻將用語「聽牌」，在快聽牌時，內心會覺得緊張，於是將「テンパる」轉用來形容慌張忙亂的心情。

例句

自己紹介のときテンパっちゃって、変なことを言ってしまいました。

ji.ko.sho.u.ka.i.no./to.ki./te.n.pa.ccha.tte./he.n.na/.ko.to.o./i.tte./shi.ma.i.ma.shi.ta.

自我介紹時太過慌張，而說了奇怪的話。

相關單字

パニック	恐慌 pa.ni.kku.
緊張する	緊張 ki.n.cho.u.su.ru.
慌てる	慌忙、慌張 a.wa.te.ru.

テンション　情緒

te.n.sho.n.

説明

「テンション」是英語的「tension」而來，原本是指緊張或不安的情緒，但轉用來表示心情或是情緒。情緒高漲就是「テンションが高い」、情緒低落就是「テンションが低い」。

例句

店
み
まで歩
ある
いて 20 分
にじっぷん
ほどかかると聞
き
き、一気
いっき
にテンションが下
さ
がった。

mi.se./ma.de./a.ru.i.te./ni.ji.ppu.n.ho.do./ka.ka.ru.to./ki.ki./i.kki.ni./te.n.sho.n.ga./sa.ga.tta.

聽說到店裡要走 20 分鐘，情緒立刻就冷卻下來。

相關單字

ハイテンション	情緒高漲
	ha.i.te.n.sho.n.
雰囲気 ふんいき	氣氛
	fu.n.i.ki.
気分 きぶん	心情
	ki.bu.n.

だだ泣き

涙流不止

da.da.na.ki.

說明

　「だだ泣き」和「号泣」的意思相近，都是表示受感動而涙流不止的情況。如果只是流涙或是平靜地哭，可以說「涙を流す（なみだをながす）」。

例句

小説を読んで飛行機の中でだだ泣きしました。

sho.u.se.tsu.o./yo.n.de./hi.ko.u.ki.no./na.ka.de./da.da.na.ki./shi.ma.shi.ta.

讀了小說在飛機上涙流不止。

相關單字

号泣 ごうきゅう	大哭 go.u.kyu.u.
しくしく	抽抽搭搭 shi.ku.shi.ku.
涙もろい なみだ	哭點低、愛哭 na.mi.da.mo.ro.i.

タメ　　　　　同年紀

ta.me.

說明

「タメ」原本是賭博的用語，表示相同點數；後用來表示「相同」。如「タメ年 (ためどし)」是相同年紀的意思，省略之後就用「タメ」來表示同年紀。

例句

お互いに敬語で話しているけど、実はタメなんだ。

o.ta.ga.i.ni./ke.i.go.de./ha.na.shi.te./i.ru./ke.do./ji.tsu.wa./ta.me.na.n.da.

我們雖然和對方說敬語，但其實是同年紀。

相關單字

同世代	同個年代
どうせだい	do.u.se.da.i.
同級生	同學
どうきゅうせい	do.u.kyu.u.se.i.
同い年	同年
おな　どし	o.na.i.do.shi.

タメ口

ぐち

非敬語

ta.me.gu.chi.

説明

　前面曾學過「タメ」是同年紀的意思，「タメ口」則是指和同年紀或親近的人說話時用的話語，也就是指非敬語。而對年長或位尊者用的較禮貌的文法形式，則是「敬語」。

例句

<ruby>私<rt>わたし</rt></ruby>たち、<ruby>友達<rt>ともだち</rt></ruby>だからタメ<ruby>口<rt>ぐち</rt></ruby>で<ruby>構<rt>かま</rt></ruby>わないよ。

wa.ta.shi.ta.chi./to.mo.da.chi.da.ka.ra./ta.me.gu.chi.de./ka.ma.wa.na.i.yo.

我們是朋友，用非敬語沒關係啦。

相關單字

<ruby>敬語<rt>けいご</rt></ruby>	敬語 ke.i.go.
<ruby>上目線<rt>うえめせん</rt></ruby>	居高臨下、自以為了不起 u.e.me.se.n.
<ruby>言葉遣い<rt>ことばづか</rt></ruby>	用字遣詞 ko.to.ba.zu.ka.i.

ママ友
とも

同為母親的朋友

ma.ma.to.mo.

說明

「ママ」是「媽媽」的意思。孩子們是同學校的學生，藉由此關係而認識的朋友，就叫做「ママ友」。

例句

子供のいない昼間に、ママ友とお茶しました。

ko.do.mo.no./i.na.i./hi.ru.ma.ni./ma.ma.to.mo.to./o.cha.shi.ma.shi.ta.

白天孩子不在時，和同為媽媽的朋友一起喝茶。

相關單字

メル友	通郵件的朋友
	me.ru.to.mo.
仲間	伙伴
	na.ka.ma.
近所	鄰居
	ki.n.jo.

かみたいおう
神対応

神回應、妙答

ka.mi.ta.i.o.u.

說明

「対応」是反應、回應的意思，而「神」則是用來形容巧妙或是高超的技巧。故「神対応」是用來稱讚應對或回應的技巧很高超巧妙。

例句

市長は失礼な質問にユーモアを交えて神対応で答えました。

shi.cho.u.wa./shi.tsu.re.i.na./shi.tsu.mo.n.ni./yu.u.mo.a.o./ma.ji.e.te./ka.mi.ta.i.o.u.de./ko.ta.e.ma.shi.ta.

市長對於無禮的發問，給了帶著幽默的妙答。

相關單字

しおたいおう 塩対応	冷淡回答 shi.o.ta.i.o.u.
なまへんじ 生返事	無感情的回答 na.ma.he.n.ji.
おとな たいおう 大人の対応	得體的回答 o.to.na.no.ta.i.o.u.

ほっといて 別管我

ho.tto.i.te.

說明

「ほっといて」是從「ほうっておいて」發音變化而來。「ほっといて」是要人放著別管的意思，通常用於爭吵時，要求對方「別管我」、「讓我靜一靜」。

例句

彼氏(かれし)と電話(でんわ)で揉(も)めて、「しばらくほっといてほしい」と言(い)われました。

ka.re.shi.to./de.n.wa.de./mo.me.te./shi.ba.ra.ku./
ho.tto.i.te./ho.shi.i.to./i.wa.re.ma.shi.ta.

和男友在電話裡爭吵，他對我說「希望你暫時不要理我」。

相關單字

構(かま)わないでくれ	別理我 ka.ma.wa.na.i.de.ku.re.
放置(ほうち)する	放著不管 ho.u.chi.su.ru.
構(かま)う	搭理、關心 ka.ma.u.

連チャン

れん

連續

re.n.cha.n.

說明

「連チャン」的來源是麻將用語中的「連莊」。現在用來表示事物連續的情況。像是接連有活動，或是接連著有好幾個飯局和約會等，都可以用「連チャン」來表示。

例句

今日は連チャンで会議があってきつかっ
きょう　　　　れん　　　　　　かいぎ

た。

kyo.u.wa./re.n.cha.n.de./ka.i.gi.ga./a.tte./ki.tsu.ka.tta.

今天接連著開會很辛苦。

相關單字

ハシゴ	接連續攤
	ha.shi.go.
次々と つぎつぎ	接連不斷
	tsu.gi.tsu.gi.to.
連続で れんぞく	連續
	re.n.zo.ku.de.

トラブる　出問題、惹麻煩

to.ra.bu.ru.

說明

　日文中常出現將名詞後面加上「る」動詞化或是加上「い」「な」形容詞化的用法；「トラブる」即是將名詞「トラブル」動詞化。「トラブル」是英語的「trouble」，即麻煩、問題，動詞就是惹上麻煩之意。

例句

昨日仕事でちょっとトラブっちゃって帰りが遅くなりました。

ki.no.u/shi.go.to.de./cho.tto./to.ra.bu.ccha.tte./ka.e.ri.ga/o.so.ku/na.ri.ma.shi.ta.

昨天工作出了問題，所以回家晚了。

相關單字

面倒 めんどう	棘手 me.n.do.u.
揉める も	爭論 mo.me.ru.
いざこざ	不愉快、爭吵 i.za.ko.za.

飲み会
の かい

喝酒聚會

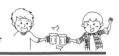

no.mi.ka.i.

說明

「飲み会」的「会」指的是聚會的意思，日本的飲酒文化深入日常生活，下班後或朋友聚會時，通常都會喝上幾杯，所以見面聊天喝酒的聚會就叫做「飲み会」。

例句

久しぶりにゼミの飲み会に参加しました。
ひさ　　　　　　の　かい　さんか

hi.sa.shi.bu.ri.ni./ze.mi.no./no.mi.ka.i.ni./sa.n.ka./
shi.ma.shi.ta.

久違地參加研究室喝酒的聚會。

相關單字

食事会 しょくじかい	聚餐 sho.ku.ji.ka.i.
お茶会 ちゃかい	喝下午茶 o.cha.ka.i.
女子会 じょしかい	只有女生的聚會 jo.shi.ka.i.

オフ^{かい}会

網友聚會

o.fu.ka.i.

說明

日文常用「会」來表示各種聚會，如前面學過的「食事会」、「飲み会」、「女子会」等。「オフ」是離線「オフライン」(off-line) 之意，「オフ会」即是網友不是在線上，而是離線實際見面聚會。

例句

_{せんしゅう}
先週、Facebook グループのオフ^{かい}会を
_{かいさい}
開催しました。

se.n.shu./facebook/gu.ru.u.pu.no./o.fu.ka.i.o./
ka.i.sa.i./shi.ma.shi.ta.

上星期舉行了 Facebook 群組的網聚。

相關單字

サークル	同好會、社團
	sa.a.ku.ru.
コミュニティー	社群
	ko.myu.ni.ti.i.
_{がっしゅく}合宿	團訓
	ga.sshu.ku.

よそよそしい 見外、疏遠

yo.so.yo.so.shi.i.

說明

「よそよそしい」是形容人的態度冷淡，不親近。或指應該是很親近的人卻做出見外的舉動，讓人感覺有隔閡。

例句

新人<ruby>しんじん<rt></rt></ruby>は私達<ruby>わたしたち<rt></rt></ruby>のことを知<ruby>し<rt></rt></ruby>らないからよそよそしい態度<ruby>たいど<rt></rt></ruby>を取<ruby>と<rt></rt></ruby>っています。

shi.n.ji.n.wa./wa.ta.shi.ta.chi.no./ko.to.o./shi.ra.na.i./ka.ra./yo.so.yo.so.shi.i./ta.i.do.o./to.tte./i.ma.su.

新人因為還不了解我們，所以態度比較疏遠。

相關單字

遠回し とおまわし	迂迴、繞圈 to.o.ma.wa.shi.
水臭い みずくさ	見外 mi.zu.ku.sa.i.
他人行儀 たにんぎょうぎ	見外 ta.ni.n.gyo.u.gi.

無視

忽視

mu.shi.

說明

「無視」是視而不見、故意忽略的意思。也可以說「そっぽを向く（むく）」。

例句

先生は明らかに聞こえているのに、私の質問を無視しました。

se.n.se.i.wa./a.ki.ra.ka.ni./ki.ko.e.te./i.ru./no.ni./ wa.ta.shi.no./shi.tsu.mo.n.o./mu.shi./shi.ma.shi.ta.

老師明明就聽到了，但忽視我的問題。

相關單字

しかと	無視 shi.ka.to.
総スカン	全體忽視、無視 so.u.su.ka.n.
聞き流す	聽過就忘 ki.ki.na.ga.su.

たてまえ
建前 場面話

ta.te.ma.e.

說明

　　「建前」原是指事物的原則、方針，用此以表示表面上的想法。因為是表面上的想法，所以也有「場面話」的意思。而真正的心聲，在日文裡則是叫「本音」。

例句

せいじか ほんね かく たてまえ かた
政治家は本音を隠して建前ばかりで語り

ます。

se.i.ji.ka.wa./ho.n.ne.o./ka.ku.shi.te./ta.te.ma.e./
ba.ka.ri.de./ka.ta.ri.ma.su.

政治家總是隱藏真正想法，盡說些場面話。

相關單字

せ じ お世辞	客套話 o.se.ji.
ほんね 本音	真心話 ho.n.ne.
えんりょ 遠慮する	迴避、顧慮 e.n.ryo.su.ru.

鼻つまみ者
はな もの

讓人避之唯恐不及

ha.na.tsu.ma.mi.mo.no.

說明

「鼻をつまむ」是捏著鼻子的意思。
讓人捏著鼻子快點離開，避之唯恐不及的人，就用「鼻
つまみ者」來形容。

例句

違う意見を言ったら、彼は同僚から鼻つまみ者にされた。

chi.ga.u./i.ke.no./i.tta.ra./ka.re.wa./do.u.ryo.u.ka.
ra./ha.na.tsu.ma.mi.mo.no.ni./sa.re.ta.

因為說了不同意見，他就被同事當成避之唯恐不
及的人。

相關單字

嫌われ者 きら もの	被人討厭 ki.ra.wa.re.mo.no.
見下す み くだ	瞧不起 mi.ku.da.su.
厄介者 やっかいもの	問題人物 ya.kka.i.mo.no.

騙す

だま

騙

da.ma.su.

說明

　　「騙す」是欺騙的意思，「騙される」則是被騙。相關的字詞還有「嘘をつく」(說謊)、「嘘つき」(騙子)、「偽り」(虛偽)…等。

例句

かれ　あま　ことば　かのじょ　だま
彼は甘い言葉で彼女を騙した。

ka.re.wa./a.ma.i./ko.to.ba.de./ka.no.jo.o./da.ma.shi.ta.

他用甜言蜜語騙了她。

相關單字

嘘つき うそ	騙子 u.so.tsu.ki.
サバ読み よ	謊稱 sa.ba.yo.mi.
偽り いつわ	虛偽、假 i.tsu.wa.ri.

ちょうほんにん
張本人　元凶

cho.u.ho.n.ni.n.

說明

「張本」是設計、安排的意思，「人」是指安排這件事的人。「張本人」用於表示引發事故、意外、騷動等的禍首元凶。

例句

かれ　こんど　さわ　　ちょうほんにん
彼が今度の騒ぎの張本人です。

ka.re.ga./ko.n.do.no./sa.wa.gi.no./cho.u.ho.n.ni.n.de.su.

他就是這次騷動的禍首。

相關單字

ほんにん 本人	本人 ho.n.ni.n.
はんにん 犯人	犯人 ha.n.ni.n.
ようぎしゃ 容疑者	嫌疑人 yo.u.gi.sha.

みんな　　　全都、全部

mi.n.na.

說明

「みんな」是「みな」發音變化而來。「みんな」通常是用來指所有的人，用於事物就是指所有的事情，和「すべて」同義。

例句

ごめんなさい、みんな私のせいです。

go.me.n.na.sa.i./mi.n.na./wa.ta.shi.no./se.i.de.su.

對不起，全都是我的錯。

相關單字

何もかも	都是 na.ni.mo.ka.mo.
何ごと	任何事 na.ni.go.to.
あらゆること	所有的事 a.ra.yu.ru.ko.to.

それな

沒錯、就是說啊

so.re.na.

說明

「それな」本來是關西的方言，意思是「的確如此」、「說得沒錯」，和「たしかに」、「そうだね」的意思相同。用於同意對方的主張時；就像中文會話裡面說的「就是說啊」、「你說得對」。

例句

A：「あの教授、話長すぎ。」

a.no.kyo.u.ju./ha.na.shi./na.ga.su.gi.

那個教授，話太多了。

B：「それな。」

so.re.na.

沒錯。

相關單字

その通り	正是如此
	so.no.to.o.ri.
そうだよね	就是說啊
	so.u.da.yo.ne.
確かに	確實如此
	ta.shi.ka.ni.

ラジャー
了解、收到

ra.ja.a.

說明

「ラジャー」也可以說「ラジャ」。這個字來於英語的「Roger」，以往軍隊使用無線電時，會用「Roger」來表示「收到了」、「了解」；「ラジャー」一字便是沿用這個用法而來。

例句

A：「午後１時に着くから駅で会おうね。」
go.go./i.chi.ji.ni./tsu.ku./ka.ra./e.ki.de./a.o.u.ne.
下午１點會到，在車站見吧。

B：「ラジャー！」
ra.ja.a.
收到！

相關單字

了解 りょうかい	了解 ryo.u.ka.i.
分かった わ	知道了 wa.ka.tta.
承知する しょうち	知道 sho.u.chi.su.ru.

ポンコツ 廢物

po.n.ko.tsu.

說明

「ポンコツ」這個字源自於以往待拆解的舊車叫「ポンコツ車」，故用「ポンコツ」來比喻沒有用的廢物，也可以用來比喻沒用的人。

例句

この車は展示以外に全く使えないポンコツです。

ko.no./ku.ru.ma.wa./te.n.ji.i.ga.i.ni./ma.tta.ku./tsu.ka.e.na.i./po.n.ko.tsu.de.su.

這車除了用於展外之外，是完全沒用途的廢物。

相關單字

役立たず	沒用 ya.ku.ta.ta.zu.
不良品	瑕疵品 fu.ryo.u.hi.n.
クズ	垃圾、人渣 ku.zu.

うざい

烦人

u.za.i.

說明

「うざい」也可以說「うぜぇ」，源自於東京地區的方言「うざったい」，意思是很煩、覺得不耐煩。

例句

保険屋の勧誘メールが毎日届きますが、
本当にうざいです。

ho.ke.n.ya.no./ka.n.yu.u.me.e.ru.ga./ma.i.ni.chi./
to.do.ki.ma.su.ga./ho.n.to.u.ni./u.za.i.de.su.

保險公司的廣告信每天都寄來，真的很煩。

相關單字

うっとうしい	覺得煩
	u.tto.u.shi.i.
うるさい	很煩、很吵
	u.ru.sa.i.
気持ち悪い	噁心
	ki.mo.chi.wa.ru.i.

すげー

超、厲害

su.ge.e.

說明

日本年輕人說話時，常會把形容詞語尾的「い」和前一個發音連在一起產生發音變化。如「すごい」會說成「すげぇ」「すげー」；「おそい」則說成「おせぇ」、「おせー」。這種說法給人的感覺比較隨便不莊重，聽得懂就好不必刻意這麼說。

例句

昨日徹夜しちゃってさ、今すげー眠い！

ki.no.u./te.tsu.ya./shi.cha.tte.sa./i.ma./su.ge.e./ne.mu.i.

昨天熬夜了，現在超～想睡！

相關單字

かっけー	酷、帥
	ka.kke.e.
うめー	好吃
	u.me.e.
おせー	好慢
	o.se.e.

どいて

讓開

do.i.te.

說明

　　「どく」是讓、走開的意思，「どいて」就是叫人讓開的意思，是較沒禮貌的說法。也可以說「ちょっとどいてください」、「どいてもらえませんか」。但要請人讓路時最好還是說「ちょっとすみません」。

例句

テレビが見えないよ。ちょっとどいて。

te.re.bi.ga./mi.e.na.i.yo./cho.tto./do.i.te.

看不見電視了啦。讓開。

相關單字

あっち行け	閃一邊去
	a.cchi.i.ke.
道を開けて	讓條路
	mi.chi.o.a.ke.te.
通す	讓人過
	to.o.su.

昨日の今日 (きのう きょう)

不到 1 天

ki.no.u.no.kyo.u.

說明

「昨日の今日」是指事情發生還不到 1 天，比喻事情發生得很突然，或是才剛發生不久。

例句

昨日 2 人で決めたじゃん！ 昨日の今日でもう忘れちゃったの？
(きのう ふたり き) (きのう きょう) (わす)

ki.no.u./fu.ta.ri.de./ki.me.ta.ja.n./ki.no.u.no.kyo.u.de./mo.u./wa.su.re.cha.tta.no.

昨天不是 2 個人一起決定的嗎！不到一天已經忘了？

相關單字

つい先程 (さきほど)	就在剛剛 tsu.i.sa.ki.ho.do.
翌日 (よくじつ)	隔天 yo.ku.ji.tsu.
次の日 (つぎ ひ)	第 2 天 tsu.gi.no.hi.

しまった 糟了

shi.ma.tta.

說明

「しまう」本是不小心做了某件事的意思，用過去式「しまった」則表示把事情搞砸了。通常用於做錯事或發現有誤的時候，是「糟糕」、「要命」的意思。

例句

しまった！キャンセルしようとしたら、うっかり確認を押しちゃった。

shi.ma.tta./kya.n.se.ru./shi.yo.u.to./shi.ta.ra./u.kka.ri./ka.ku.ni.n.no./o.shi.cha.tta.

糟了，想要取消卻不小心按了確認。

相關單字

いけない	糟了、要命
	i.ke.na.i.
やばい	不妙
	ya.ba.i.
大変	糟糕
	ta.i.he.n.

やった　　　　太棒了

ya.tta.

說明

　　「やった」是「やる」的過去式。「やる」是做事的意思，過去式「やった」表示事情完成後愉快的心情。在事情的發展很順利或是結果讓人滿意時，就會說「やった」來表示「太棒了」。

例句

やった！やっと試験が終わった。

ya.tta./ya.tto./shi.ke.n.ga./o.wa.tta.

太棒了，考試終於結束了。

相關單字

よっしゃ	耶、太棒了
	yo.ssha.
よくやった	做得很好、辛苦了
	yo.ku.ya.tta.
最高	超棒
	sa.i.ko.u.

日<ruby>ひ</ruby>がな 1 日<ruby>いちにち</ruby> 整天

hi.ga.na.i.chi.ni.chi.

說明

「日がな 1 日」是一整天的意思，相同意思的詞還有「1 日中」、「終日 (しゅうじつ)」。

例句

家<ruby>いえ</ruby>にいる 間<ruby>あいだ</ruby>は日<ruby>ひ</ruby>がな 1 日<ruby>いちにち</ruby>ずっとパソコンに向<ruby>む</ruby>かっている。

i.e.ni./i.ru./a.i.da.wa./hi.ga.na.i.chi.ni.chi./zu.tto./pa.so.ko.n.ni./mu.ka.tte./i.ru.

在家時整天都對著電腦。

相關單字

1 日中<ruby>いちにちじゅう</ruby>	整天 i.chi.ni.chi.ju.u.
しょっちゅう	老是 sho.cchu.u.
終始<ruby>しゅうし</ruby>	自始至終 shu.u.shi.

こんりんざい
金輪際

絶不、再也不

ko.n.ri.n.za.i.

說明

「金輪際」本來是佛教用語，原本的意思是「最底層」，引申其義用來表示「絕對」、「再也不」。

例句

あんな無責任な奴、金輪際付き合わない！
む せきにん　　やつ　こんりんざいつ　あ

a.n.na./mu.se.ki.ni.n.na./ya.tsu./ko.n.ri.n.za.i./tsu.ki.a.wa.na.i.

那麼不負責任的傢伙，再也不會和他來往！

相關單字

えいえん 永遠に	永遠 e.i.e.n.ni.
ぜったい 絶対に	絕對 ze.tta.i.ni.
けっ 決して	一定 ke.sshi.te.

めっちゃ　　非常、超級

me.ccha.

說明

　「めっちゃ」是也可以說成「めちゃ」或是「めちゃくちゃ」。意思是「非常」、「很」，用於形容很嚴重、很誇張的情形。

例句

段差につまずいてこけちゃって、めっちゃ痛い！

da.n.sa.ni./tsu.ma.zu.i.te./ko.ke.cha.tte./me.ccha./i.ta.i.

絆到臺階跌倒，超級痛。

相關單字

めちゃくちゃ	超、非常
	me.cha.ku.cha.
とても	非常
	to.te.mo.
すこぶる	十分
	su.ko.bu.ru.

しこたま　很多、大量

shi.ko.ta.ma.

說明

「しこたま」是用來表示數量很多的口語說法。和「たくさん」、「どっさり」的意思相同。

例句

ビールをしこたま飲んだ後に吐きそうに
なった。

bi.i.ru.o./shi.ko.ta.ma./no.n.da./a.to.ni./ha.ki.
so.u.ni./na.tta.

喝了很多啤酒後，變得很想吐。

相關單字

たくさん	很多 ta.ku.sa.n.
どっさり	很多 do.ssa.ri.
度々 たびたび	屢次 ta.bi.ta.bi.

ディスる 批判、惡評

di.su.ru.

說明

「ディスる」是將名詞「ディス」動詞化而來，為英語「disrespect」的省略說法，意思是瞧不起、取笑、醜化或否定他人。故動詞「ディスる」就是惡意地批評、取笑他人之意。

例句

この記事は内容がほとんど芸能人をディ

スっている。

ko.no./ki.ji.wa./na.i.yo.u.ga./ho.to.n.do./ge.i.no.u.ji.
n.o./di.su.tte./i.ru.

這報導的內容幾乎都在批評藝人。

相關單字

毒舌 どくぜつ	毒舌 do.ku.ze.tsu.
罵る ののし	咒罵 no.no.shi.ru.
けなす	貶低 ke.na.su.

プチ

小型、小的

pu.chi.

說明

「プチ」是由法文「petit」而來，是小、小型、小規模的意思；這個字通常和其他名詞結合以複合語的方式呈現，例如「プチ断食 (だんじき)」(短暫斷食)、「プチパーティー」(小型派對) 等。

例句

きのう かいしゃ ひと   しんねんかい
昨日会社の人とプチ新年会をやりました。

ki.no.u./ka.i.sha.no./hi.to.to./pu.chi.shi.n.ne.n.ka.i.o./ya.ri.ma.shi.ta.

昨天和公司的人辦了小型春酒。

相關單字

プチ贅沢 ぜいたく	小奢華 pu.chi.ze.i.ta.ku.
プチ旅行 りょこう	小旅行 pu.chi.ryo.ko.u.
プチうつ	輕微憂鬱 pu.chi.u.tsu.

しどろもどろ 語無倫次

shi.do.ro.mo.do.ro.

說明

「しどろもどろ」是指說話時用字遣詞或是所說的內容語無倫次、雜亂無章。

例句

先生(せんせい)に急(きゅう)に当(あ)てられて、しどろもどろになってしまった。

se.n.se.i.ni./kyu.u.ni./a.te.ra.re.te./shi.do.ro./mo.do.ro.ni./na.tte./shi.ma.tta.

突然被老師點到,變得語無倫次。

相關單字

とりとめない	沒重點
	to.ri.to.me.na.i.
動揺(どうよう)する	動搖
	do.u.yo.u.su.ru.
たじたじ	大受打擊
	ta.ji.ta.ji.

ちょうだい　　給我

cho.u.da.i.

說明

　　「ちょうだい」是得到的意思，和「もらう」是相同的意思。通常是用於熟悉或要好的對象，要求對方把東西遞過來，或是請對方把東西給自己的情況。

例句

それおいしそうだね！ひと口ちょうだい。

so.re./o.i.shi.so.u.da.ne./hi.to.ku.chi./cho.u.da.i.

那好像很好吃耶，分我一口。

相關單字

いただく	收下 i.ta.da.ku.
もらう	拿來 mo.ra.u.
ください	請、請給我 ku.da.sa.i.

ダジャレ 雙關語、冷笑話

da.ja.re.

說明

　「ダジャレ」是指冷笑話或是雙關語，通常是用音近的兩個字詞來開玩笑。年長者愛用「ダジャレ」來開玩笑，但內容不是很有趣或是很過時時，就叫做「オヤジギャグ」。

例句

親父_{おやじ}がよく「魚_{さかな}を肴_{さかな}に」とか、くだらないダジャレを言_いう。

o.ya.ji.ga./yo.ku./sa.ka.na.o./sa.ka.na.ni./to.ka./ku.da.ra.na.i./da.ja.re.o./i.u.

爸爸很愛說「把魚當一道菜」(日語中為諧音)之類的無聊冷笑話。

相關單字

オヤジギャグ	冷笑話 o.ya.ji.gya.ku.
冗談_{じょうだん}	玩笑 jo.u.da.n.
からかう	戲弄 ka.ra.ka.u.

ましてや

更何況、更別說

ma.shi.te.ya.

說明

「ましてや」是更加、更為的意思。由「まして」而來,語氣比「まして」更加強。通常用於兩件事物比較時,前者如此,後者更是如此的情形。

例句

彼はフランス語が話せる。ましてや英語ならなおさらです。

ka.re.wa./fu.ra.n.su.go.ga./ha.na.se.ru./ma.shi.te.ya./e.i.go.na.ra./na.o.sa.ra.de.su.

他會說法語,更別說是英語(更是流暢)。

相關單字

当然 とうぜん	理所當然 to.u.ze.n.
もちろん	當然 mo.chi.ro.n.
当たり前 あ まえ	理所當然 a.ta.ri.ma.e.

自撮り
じ ど

自拍

ji.do.ri.

說明

「自撮り」是「自分撮り(じぶんどり)」的省略講法，也可以用英語「セルフィー」(selfie) 來表示。曾經流行過的自拍棒則叫「自撮り棒(じどりぼう)」。

例句

でんしゃ となり じょしこうせい じ ど
電車で隣の女子高生が自撮りしまくって
しょうじきめいわく
正直迷惑です。

de.n.sha.de./to.na.ri.no./jo.shi.ko.u.se.i.ga./ji.do.ri./
shi.ma.ku.tte./sho.u.ji.ki./me.i.wa.ku.de.su.

電車裡隔壁的女高中生一直在自拍，老實說很讓人困擾。

相關單字

セルフィー	自拍 se.ru.fi.i.
インカメ	前鏡頭 i.n.ka.me.
ポーズ	姿勢 po.o.zu.

落ちる
お

停止、當機

o.chi.ru.

說明

「落ちる」除了一般掉落、落下的意思外，還有結束之意，電腦或程式突然結束、當機，也可以用「落ちる」，如「電源が落ちる」。相關的字詞還有：關掉程式「閉じる」、開啟「起動する」。

例句

古いパソコンだから、絵を描いていたら、
ふる　　　　　　　　　え　か
イラレが落ちた。
　　　　お

fu.ru.i./pa.so.ko.n.da.ka.ra./e.o./ka.i.te./i.ta.ra./i.ra.re.ga./o.chi.ta.

因為是舊電腦，在畫畫時 illustrator 就當了。

相關單字

フリーズ	當機 fu.ri.i.zu.
シャットダウン	關機 sha.tto.da.u.n.
起動する きどう	開機、開啟 ki.do.u.su.ru.

サーバーダウン 伺服器癱瘓

sa.a.ba.a.da.u.n.

說明

　　「サーバー」是伺服器的意思，「サーバーダウン」伺服器當機無法提供服務的情況。前面提過「落ちる」可以用於當機的情況，故也可說「サーバーが落ちる」，或是「鯖落ち」(さばおち、取諧音)。

例句

アクセスが集中（しゅうちゅう）して一時期（いちじき）サーバーダウンしてしまった。

a.ku.se.su.ga./shu.u.chu.u./shi.te./i.chi.ji.ki./sa.a.ba.a.da.u.n./shi.te./shi.ma.tta.

因為大量連線，伺服器一時當機。

相關單字

メンテナンス	維修 me.n.te.na.n.su.
復旧（ふっきゅう）	修理 fu.kyu.u.
アクセス集中（しゅうちゅう）	大量連線 a.ku.se.su.shu.u.chu.u.

クラウド　雲端

ku.ra.u.do.

說明

「クラウド」取自英語「cloud」，指將資料儲存於網路雲端的服務。上傳的動作是「アップロード」；下載的動作是「ダウンロード」；同步是「同期する」。

例句

会社のデータをすべてクラウドに保存している。

ka.i.sha.no./de.e.ta.o./su.be.te./ku.ra.u.do.ni./ho.zo.n./shi.te./i.ru.

公司的資料全都存在雲端。

相關單字

同期する どうき	同步 do.u.ki.su.ru.
デバイス	裝置 de.ba.i.su.
端末認証 たんまつにんしょう	裝置認證 ta.n.ma.tsu.ni.n.sho.u.

りれき
履歴

歴程記錄

ri.re.ki.

說明

「履歴」是指個人的就學、就職記錄，還有操作電子產品的歷程記錄。例如瀏覽網頁時，曾看過的網頁，或是手機的通話記錄…等，都可以叫做「履歴」。

例句

かぞく おな つか
家族で同じタブレットを使っているので、
じぶん えつらん りれき さくじょ
自分が閲覧したページの履歴を削除した。

ka.zo.ku.de./o.na.ji./ta.bu.re.tto.o./tsu.ka.tte./i.ru./
no.de./ji.bu.n.ga./e.tsu.ra.n./shi.ta./pe.e.ji.no./ri.re.
ki.o./sa.ku.jo./shi.ta.

因為和家人用同一台平板，所以把自己的網頁記錄刪掉了。

相關單字

ページ	網頁
	pe.e.ji.
えつらん 閲覧する	瀏覽
	e.tsu.ra.n.su.ru.
ブラウザ	瀏覽器
	bu.ra.u.za.

ググる

用 google 搜尋

gu.gu.ru.

説明

「ググる」是將 google 的日文「グーグル」動詞化，意指在 google 上進行搜尋。類似的動詞還有「ヤフる」，意即在 yahoo(ヤフー) 上搜尋。

例句

歌詞の意味をググったら思っていたものと違った。

ka.shi.no./i.mi.o./gu.gu.tta.ra./o.mo.tte./i.ta./mo.no.to./chi.ga.tta.

用 google 搜尋了歌詞的意思，和原本想的不一樣。

相關單字

検索	搜尋
けんさく	ke.n.sa.ku.
関連ワード	相關關鍵字
かんれん	ka.n.re.n.wa.a.do.
ランキング	排行
	ra.n.ki.n.gu.

文字化け

もじば

亂碼

mo.ji.ba.ke.

說明

「文字化け」是電腦文字因為編碼「文字コード」不同而出現的亂碼。和文字相關的單字還有「フォント」(字型)、「入力する」(輸入)。

例句

お客様からのメールが文字化けで読めない。

きゃくさま　　　　　　　　　　もじば　　　よ

o.kya.ku.sa.ma./ka.ra.no./me.e.ru.ga./mo.ji.ba.ke.de./yo.me.na.i.

客人寄來的郵件是亂碼看不懂。

相關單字

入力する にゅうりょく	輸入 nyu.u.ryo.ku.su.ru.
フォント	字型 fo.n.to.
切り替える き　か	切換 (輸入法…等) ki.ri.ka.e.ru.

めいわく
迷惑メール　垃圾郵件

me.i.wa.ku.me.e.ru.

說明

「迷惑メール」是廣告郵件、垃圾郵件的意思，也可以說「スパムメール」。垃圾郵件匣的日文是「迷惑メールフォルダ」或「迷惑メールトレイ」、刪除的郵件則是存於「ゴミ箱 (ごみばこ)」(垃圾桶)。

例句

さいきんめいわく
最近迷惑メールがいっぱい来て困ってい

き　こま

ます。

sa.i.ki.n./me.i.wa.ku.me.e.ru.ga./i.ppa.i./ki.te./
ko.ma.tte./i.ma.su.

最近有很多垃圾信讓人很困擾。

相關單字

スパムメール	垃圾信 su.pa.mu.me.e.ru.
そうしんもと 送信元	寄信人 so.u.shi.n.mo.to.
ブラックリスト	黑名單 bu.ra.kku.ri.su.to.

そうしん
送信

寄出

so.u.shi.n.

說明

「送信」是寄出的意思。「受信 (じゅしん)」則是收信、接收之意；「転送 (てんそう)」則是轉寄。

例句

何度もメールを送信したのに、なぜか相手に届かないんです。

na.n.do.mo./me.e.ru.o./so.u.shi.n./shi.ta./no.ni./na.ze.ka./a.i.te.ni./to.do.ka.na.i.n.de.su.

寄了好幾次郵件，不知為何對方收不到。

相關單字

じゅしん 受信トレイ	收件匣 ju.shi.n.to.re.i.
ごそうしん 誤送信	寄錯 go.so.u.shi.n.
じゅしん 受信	收件 ju.shi.n.

コピペ　　　複製貼上

ko.pi.pe.

說明

「コピペ」是「コピー・アンド・ペースト」的省略說法，源自英語的「copy and paste」，即電腦操作時複製然後貼上的動作。

例句

<ruby>全文<rt>ぜんぶん</rt></ruby>コピペだけのレポートは<ruby>許<rt>ゆる</rt></ruby>されることではないと<ruby>思<rt>おも</rt></ruby>います。

ze.n.bu.n./ko.pi.pe./da.ke.no./re.po.o.to.wa./yu.ru.sa.re.ru./ko.to./de.wa.na.i.to./o.mo.i.ma.su.

我不認為整篇都是複製貼上的報告能被允許。

相關單字

<ruby>切<rt>き</rt></ruby>り<ruby>取<rt>と</rt></ruby>り	剪下 ki.ri.to.ri.
<ruby>貼<rt>は</rt></ruby>り<ruby>付<rt>つ</rt></ruby>け	貼上 ha.ri.tsu.ke.
<ruby>全選択<rt>ぜんせんたく</rt></ruby>	全選 ze.n.se.n.ta.ku.

待ち受け
ま　う

待機畫面

ma.chi.u.ke.

說明

「待ち受け」是「待ち受け画面」的省略說法。「待ち受け」主要是指手機在待機狀態時的桌布 (壁紙)。和手機相關的字詞還有「アプリ」(APP)、「ウィジェット」(桌面小工具)、「設定 (せってい)」(設定)。

例句

携帯の待ち受けを好きな画像に変えました。
けいたい　ま　う　す　がぞう　か

ke.i.ta.i.no./ma.chi.u.ke.o./su.ki.na./ga.zo.u.ni./ka.e.ma.shi.ta.

把手機的待機畫面換成喜歡的圖。

相關單字

ホーム画面 がめん	手機桌面 ho.o.mu.ga.me.n.
ロック画面 がめん	待機畫面 ro.kku.ga.me.n.
ウィジェット	widget、桌面工具 u.i.je.tto.

ウイルス 病毒

u.i.ru.su.

說明

　「ウイルス」一字源自於英語的「virus」，即病毒之意。除了生物學上的病毒之外，也指電腦的病毒。而移除病毒的日文則是「ウイルスを駆除(くじょ)する」。

例句

パソコンの動作(どうさ)がおかしい、ウイルスに感染(かんせん)したかもしれない。

pa.so.ko.n.no./do.u.sa.ga./o.ka.shi.i./u.i.ru.su.ni./ka.n.se.n./shi.ta./ka.mo.shi.re.na.i.

電腦的反應怪怪的，說不定是感染了病毒。

相關單字

ウイルススキャン	掃毒 u.i.ru.su.su.kya.n.
修復(しゅうふく)する	修復 shu.u.fu.ku.su.ru.
無料(むりょう)ソフト	免費軟體 mu.ryo.u.so.fu.to.

アップする　上傳

a.ppu.su.ru.

説明

　「アップする」的「アップ」是「アップロード」(upload) 的省略說法，意思是上傳。「上げる」也是相同的意思，如「動画を上げる」即是「上傳影片」之意。

例句

昨日撮った動画を動画サイトにアップした。

ki.no.u./to.tta./do.u.ga.o./do.u.ga.sa.i.to.ni./a.ppu./shi.ta.

把昨天拍的影片上傳到影片網站。

相關單字

ダウンロード	下載 da.u.n.ro.o.do.
アップデート	升級、更新 a.ppu.de.e.to.
上げる	上傳 a.ge.ru.

てんぷ
添付 　　　　　附上

te.n.pu.

說明

「添付」是附上補充的文件或是資料，動詞是「添付する」。除了用於一般實體文件外，也可以用於電子郵件往來中。電子郵件的附件，日文是「添付ファイル」。

例句

メールに地図を添付したので、確認してください。

me.e.ru.ni./chi.zu.o./te.n.pu./shi.ta./no.de./ka.ku.ni.n./shi.te./ku.da.sa.i.

在郵件裡附上了地圖，請確認。

相關單字

ファイル	檔案 fa.i.ru.
容量 ようりょう	容量 yo.u.ryo.u.
保存する ほぞん	儲存 ho.zo.n.su.ru.

削除する
さくじょ

削除

sa.ku.jo.su.ru.

說明

「削除する」是刪除的意思，取消則是「取り消す」或「キャンセル」；文件消失不見是「消える」；確定則是「確認 (かくにん)」。

例句

容量がいっぱいになったので、 いらない
ようりょう
ファイルを削除した。
さくじょ

yo.u.ryo.u.ga./i.ppa.i.ni./na.tta./no.de./i.ra.na.i./fa.i.ru.o./sa.ku.jo./shi.ta.

容量滿了，所以把不需要的檔案刪除。

相關單字

取り下げる と さ	撤下來 to.ri.sa.ge.ru.
消える き	消失 ki.e.ru.
取り消す と け	取消 to.ri.ke.su.

充電切れ
じゅうでんぎ

沒電

ju.u.de.n.gi.re.

說明

　沒電可以說「充電切れ」也可以說「電池が切れる（でんちがきれる）」、「電池切れ（でんちぎれ）」。「充電」是充電的意思，也具有電池的意思；電池也可以說「バッテリー」。

例句

充電器を忘れ、充電切れで返事できなかった。

ju.u.de.n.ki.o./wa.su.re./ju.u.de.n.gi.re.de./he.n.ji./de.ki.na.ka.tta.

忘了帶充電器，因為沒電了所以不能回覆。

相關單字

バッテリー	電池
	ba.tte.ri.i.
充電器	充電器
	ju.u.de.n.ki.
充電ケーブル	充電電源線
	ju.u.de.n.ke.e.bu.ru.

ジャンケン　猜拳

ja.n.ke.n.

說明

　　「ジャンケン」一詞是源自於中文的「兩拳」一詞。出拳前喊的「剪刀石頭布」日文是「じゃんけんぽん」；和猜拳相關的遊戲還有「あっちむいてホイ」（黑白配）。

例句

ジャンケンで質問する順番を決めた。

ja.n.ke.n.de./shi.tsu.mo.n./su.ru./ju.n.ba.n.o./ki.me.ta.

用猜拳決定發問的順序。

相關單字

グー	石題 gu.u.
チョキ	剪刀 cho.ki.
パー	布 pa.a.

おうさま
王様ゲーム　真心話大冒險

o.u.sa.ma.ge.e.mu.

說明

　　「王様ゲーム」是真心話大冒險，玩法是參加者抽籤後，抽到國王的人可以指定各號碼的人要做什麼。

例句

ともだち　　　　　しょくじかい　　　　おうさま
友達との食事会で、王様ゲームをやって
ば　も　あ
場を盛り上げた。

to.mo.da.chi.to.no./sho.ku.ji.ka.i.de./o.u.sa.ma.ge.
e.mu.o./ya.tte./ba.o./mo.ri.a.ge.ta.

在和朋友聚餐時，玩真心話大冒險變得很熱鬧。

相關單字

くじを引く ひ	抽籤 ku.ji.o.hi.ku.
番号 ばんごう	號碼 ba.n.go.u.
命令 めいれい	命令 me.i.re.i.

背中文字当て
せなかもじあ

猜背上的字

se.na.ka.mo.ji.a.te.

説明

「文字当て」是猜字，「背中文字当て」是用手指在背上寫字，被寫的人要猜背上寫的是什麼字。

例句

子供と背中文字当てゲームをやってみたけど、なかなか当てられなくて案外難しかった。
こども　せなかもじあ　　　　　　　　　あ　　　　　　　あんがいむずか

ko.do.mo.to./se.na.ka.mo.ji.a.te./ge.e.mu.o./ya.tte./mi.ta.ke.do./na.ka.na.ka./a.te.ra.re.na.ku.te./a.n.ga.i./mu.zu.ka.shi.ka.tta.

試著和小孩玩猜背上文字的遊戲，老是猜不中，意外的很難。

相關單字

文字当てゲーム もじあ	猜字遊戲 mo.ji.a.te.ge.e.mu.
一筆書き いっぴつが	一筆寫到底 i.ppi.tsu.ga.ki.
尻文字 しりもじ	用屁股寫字 shi.ri.mo.ji.

ジェスチャーゲーム 比手畫腳

je.su.cha.a.ge.e.mu.

說明

「ジェスチャー」源自英語「gesture」，也就是手勢之意；「ジェスチャーゲーム」的玩法是知道答案的人不能用口說而是用肢體語言表達答案給對方猜。

例句

こどもたち
子供達はジェスチャーゲームをやりなが
えいたんご　おぼ
ら英単語を覚える

ko.do.mo.ta.chi.wa./je.su.cha.a.ge.e.mu.o./ya.ri.
na.ga.ra./e.i.ta.n.go.o./o.bo.e.ru.

小朋友們一邊玩比手畫腳，一邊記英文單字。

相關單字

クイズ	猜謎 ku.i.zu.
みぶ　てぶ 身振り手振り	肢體語言 mi.bu.ri.te.bu.ri.
しぐさ 仕草	動作、姿勢 shi.gu.sa.

腕相撲
うでずもう

比腕力

u.de.zu.mo.u.

說明

　「腕相撲」也可以說「アームレスリング」，即是比腕力。

例句

腕相撲なら負けないぜ！筋トレをやってるから。

u.de.zu.mo.u./na.ra./ma.ke.na.i.ze./ki.n.to.re.o./ya.tte.ru./ka.ra.

比腕力我是不會輸的，平常可是有做肌力訓練。

相關單字

腕力 わんりょく	腕力 wa.n.ryo.ku.
手首 てくび	手腕 te.ku.bi.
指相撲 ゆびずもう	拇指摔角 yu.bi.zu.mo.u.

ものまね　模仿

mo.no.ma.ne.

說明

「ものまね」是模仿的意思，通常是指模仿人或動物的聲音或動作。而向人看齊，效法對方的優點或是精神，則是「見習う(みならう)」。

例句

お別れ会のときに、友達が芸能人のものまねをして笑わせてくれました。

o.wa.ka.re.ka.i.no./to.ki.ni./to.mo.da.chi.ga./ge.i.no.u.ji.n.no./mo.no.ma.ne.o./shi.te./wa.ra.wa.se.te./ku.re.ma.shi.ta.

在歡送會時，朋友模仿藝人來娛樂大家。

相關單字

真似する まね	模仿 ma.ne.su.ru.
模倣 もほう	模仿 mo.ho.u.
見よう見まね み　　　み	有樣學樣 mi.yo.u.mi.ma.ne.

マジック　魔術

ma.ji.kku.

說明

　「マジック」源自英語的「magic」，也可以說「手品」；魔術師則是「マジシャン」。

例句

私<ruby>わたし</ruby>は趣味<ruby>しゅみ</ruby>でマジックを習<ruby>なら</ruby>っています。

wa.ta.shi.wa./shu.mi.de./ma.ji.kku.o./na.ra.tte./
i.ma.su.

我把學習魔術當興趣。

相關單字

手品<ruby>てじな</ruby>	魔術 te.ji.na.
からくり	方法、構造 ka.ra.ku.ri.
仕組む<ruby>しく</ruby>	設置、組成 shi.ku.mu.

ドッキリ　整人

do.kki.ri.

說明

「ドッキリ」是惡作劇、整人的意思。安排整人的計畫叫做「仕掛ける」，安排計畫的人叫「仕掛け人（しかけにん）」；而落入整人的圈套則是用動詞「引っかかる（ひっかかる）」。

例句

<ruby>学<rt>がくせい</rt></ruby>生に<ruby>仕<rt>しか</rt></ruby>掛けられたドッキリにまんまと<ruby>引<rt>ひ</rt></ruby>っかかった。

ga.ku.se.i.ni./shi.ka.ke.ra.re.ta./do.kki.ri.ni./ma.n.ma.to./hi.kka.ka.tta.

完全被學生設下的整人遊戲給整到了。

相關單字

いたずら	惡作劇 i.ta.zu.ra.
<ruby>驚<rt>おどろ</rt></ruby>かす	嚇人 o.do.ro.ka.su.
<ruby>仕<rt>しか</rt></ruby>掛ける	設下、設計 shi.ka.ke.ru.

しりとり　　文字接龍

shi.ri.to.ri.

說明

　　「しり」是尾端的意思，「しりとり」即是取字詞的尾端，也就是文字接龍之意。日語的文字接龍是取該詞的最後一個發音，但因為沒有「ん」開頭的字，所以接龍時不可以說「ん」結尾的字。

例句

今日はサークルで手話のしりとりゲーム

をやりました。

kyo.u.wa./sa.a.ku.ru.de./shu.wa.no./shi.ri.to.ri.ge.e.mu.o./ya.ri.ma.shi.ta.

今天在社團玩了手語文字接龍遊戲。

相關單字

言葉遊び	文字遊戲 ko.to.ba.a.so.bi.
早口言葉	繞口令 ha.ya.ku.chi.ko.to.ba.
語呂あわせ	押韻 go.ro.a.wa.se.

椅子取りゲーム 大風吹
いすと

i.su.to.ri.ge.e.mu.

說明

「椅子取りゲーム」是遊戲大風吹，除了有遊戲的意思外，也可以用來比喻社會或公司裡競爭激烈，大家都為了爭取地位而努力的情況。

例句

幼稚園の運動会で、園児たちと椅子取りゲームをしました。
ようちえん　うんどうかい　　えんじ　　　い す と

yo.u.chi.e.n.no./u.n.do.u.ka.i.de./e.n.ji.ta.chi.to./
i.su.to.ri.ge.e.mu.o./shi.ma.shi.ta.

在幼稚園的運動會上，和小朋友們玩了大風吹。

相關單字

音楽をかける	放音樂
おんがく	o.n.ga.ku.o.ka.ke.ru.
円	圓
えん	e.n.
抜ける	淘汰
ぬ	nu.ke.ru.

鬼ごっこ

おに

捉鬼遊戲

o.ni.go.kko.

說明

　「ごっこ」是一起模仿或是做角色扮演的遊戲，如「変身ごっこ」就是一起玩變身的遊戲。「鬼ごっこ」是扮鬼的意思，是由1個人當鬼去抓其他人的遊戲。類似的遊戲還有「だるまさんがころんだ」，即「一二三木頭人」。

例句

子供たちが公園で鬼ごっこをしています。

こども　　　　こうえん　おに

ko.do.mo.ta.chi.ga./ko.u.e.n.de./o.ni.go.kko.o./shi.te./i.ma.su.

小朋友們在公園玩捉鬼遊戲。

相關單字

おママごと	扮家家酒
	o.ma.ma.go.to.
変身ごっこ へんしん	變身遊戲
	he.n.shi.n.go.kko.
かくれんぼ	捉迷藏
	ka.ku.re.n.bo.

MP3 057

ばつ
罰ゲーム　　懲罰

ba.tsu.ge.e.mu.

說明

　　「罰（ばつ）」是處罰的意思，「罰ゲーム」就是玩遊戲輸了之後進行的懲罰活動。

例句

ばつ　　　　　　　へん　　　　　　　　　　　　の
罰ゲームで変なドリンクを飲まされた。

ba.tsu.ge.e.mu.de./he.n.na./do.ri.n.ku.o./no.ma.sa.re.ta.

在懲罰活動中被迫喝了奇怪的飲料。

相關單字

ま 負ける	輸 ma.ke.ru.
ビリ	墊底 bi.ri.
か 賭ける	打賭 ka.ke.ru.

ボードゲーム 桌遊

bo.o.do.ge.e.mu.

說明

「ボードゲーム」一詞源自於英語「board game」，即桌遊之意。常見的桌遊有「人生ゲーム」(大富翁)、「チェス」(西洋棋)…等。

例句

家族<ruby>家族<rt>かぞく</rt></ruby>はみんなインドア派で休日<ruby>休日<rt>きゅうじつ</rt></ruby>はボードゲームをやったりします。

ka.zo.ku.wa./mi.n.na./i.n.do.a.ha.de./kyu.u.ji.tsu.
wa./bo.o.do.ge.e.mu.o./ya.tta.ri./shi.ma.su.

家人都愛室內活動，放假會玩桌遊之類的。

相關單字

人生ゲーム（じんせい）	大富翁 ji.n.se.i.ge.e.mu.
インドア遊び（あそ）	室內遊戲 i.n.do.a.a.so.bi.
外遊び（そとあそ）	戶外活動 so.to.a.so.bi.

オンラインゲーム 線上遊戲

o.n.ra.i.n.ge.e.mu.

說明

「オンラインゲーム」一詞源自英語「on-line game」，是線上遊戲的意思。遊戲軟體稱為「ゲームソフト」；而手機的遊戲 APP 則是「ゲームアプリ」。

例句

こうこうせい
高校生になってから、オンラインゲーム

にはまりました。

ko.u.ko.u.se.i.ni./na.tte./ka.ra./o.n.ra.i.n.ge.e.mu.
ni./ha.ma.ri.ma.shi.ta.

上高中之後，迷上了線上遊戲。

相關單字

ゲームソフト	遊戲軟體 ge.e.mu.so.fu.to.
チャット	網路聊天 cha.tto.
むりょう 無料ゲーム	免費遊戲 mu.ryo.u.ge.e.mu.

キャラ　　　角色

kya.ra.

說明

　「キャラ」是「キャラクター」的省略說法，源自英語的「character」。意指小說、戲劇、漫畫裡的人物，或該人物的個性、人格及特色。

例句

レベル上げに飽きたので、また新しいキャラを育て直すことにしました。

re.be.ru.a.ge.ni./a.ki.ta./no.de./ma.ta./a.ta.ra.shi.i./kya.ra.o./so.da.te./na.o.su./ko.to.ni./shi.ma.shi.ta.

已經對升級厭煩了，所以又開始重新培養新的角色。

相關單字

レベル	層級 re.be.ru.
経験値 けいけんち	經驗值 ke.i.ke.n.chi.
プレーヤー	玩家 pu.re.e.ya.a.

ゲーマー 高級玩家、遊戲玩家

ge.e.ma.a.

說明

「ゲーマー」源自英語的「gamer」，意指對於電腦或電視遊戲非常精通的人；一般遊戲玩家或是電玩裡的參加者，則是「プレイヤー」。

例句

この国はゲームが安くて、ゲーマーにとっては天国です。

ko.no./ku.ni.wa./ge.e.mu.ga./ya.su.ku.te./ge.e.ma.a.ni./to.tte.wa./te.n.go.ku.de.su.

這個國家的遊戲很便宜，對玩家來說是天堂。

相關單字

ゲーム好き	愛玩電玩的人 ge.e.mu.zu.ki.
プレイ	玩（電玩） pu.re.i.
アップグレード	升級 a.ppu.gu.re.e.do.

劇場
げきじょう

戲院、劇場

ge.ki.jo.u.

説明

「劇場」指的是以上演戲劇、舞台劇、舞蹈、電影等目的為主的建築物。日文裡，電影院除了可以叫「映画館 (えいがかん)」之外，也可以稱為「劇場」。

例句

この劇場の客席数は 2000 あまりです。
げきじょう きゃくせきすう　にせん

ko.no./ge.ki.jo.u.no./kya.ku.se.ki.su.u.wa./ni.se.n./
a.ma.ri.de.su.

這個劇場的座位有 2000 多個。

相關單字

複合映画館 ふくごうえいがかん	影城 fu.ku.go.u.e.i.ga.ka.n.
演芸場 えんげいじょう	傳統藝術的劇場 e.n.ge.i.jo.u.
キャパ	容納人數、容量 kya.pa.

ファン

崇拝者

fa.n.

說明

　「ファン」一詞源自英語的「fan」，即崇拜者，如歌迷…等。每個類別的「ファン」都有其特別的稱呼法，即是該族群的「ファンネーム」，例如傑尼斯迷叫「ジャニヲタ」、寶塚劇迷稱為「ヅカファン」…等。

例句

彼は狂 熱なアニメファンです。
かれ　きょうねつ

ka.re.wa./kyo.u.ne.tsu.na./a.ni.me.fa.n.de.su.

他是瘋狂的動畫迷。

相關單字

オタク	狂熱者、御宅族
	o.ta.ku.
ファンクラブ	後援會
	fa.n.ku.ra.bu.
愛称 あいしょう	暱稱
	a.i.sho.u.

追っかけ　追星

お

o.kka.ke.

說明

「追っかけ」原是追逐的意思，引申為喜歡追逐名人行蹤或是跟著名人跑的狂熱崇拜者或其行為。若是嚴重的跟蹤足以構成犯罪的，則是「ストーカー」（跟蹤狂）。

例句

高校時代はバイトとバンドの追っかけで、まったく勉強していなかった。

ko.u.ko.u.ji.da.i.wa./ba.i.to.to./ba.n.do.no./o.kka.ke.de./ma.tta.ku./be.n.kyo.u./shi.te./i.na.ka.tta.

高中時都在打工和追樂團，完全沒念書。

相關單字

出待ち	在門口等明星
で ま	de.ma.chi.
応援	支持
おうえん	o.u.e.n.
ストーカー	跟蹤狂
	su.to.o.ka.a.

フラゲ　　　　　先買到

fu.ra.ge.

說明

「フラゲ」是「フライングゲット」的省略，「フライング」指的是運動比賽時偷跑，引申為「提前」之意；故「フラゲ」是指提前得到、在發售日前就買到。

例句

欲しかった本を通販で注文したのに、待ちきれずに近所の店でフラゲしてきた。

ho.shi.ka.tta./ho.no./tsu.u.ha.n.de./chu.u.mo.n./
shi.ta./no.ni./ma.chi.ki.re.zu.ni./ki.n.jo.no./mi.se.
de./fu.ra.ge./shi.te./ki.ma.shi.ta.

雖然已經在網路上訂了想要的書，但等不及，所以發售日前在附近的店先買了。

相關單字

発売日 (はつばいび)	發售日 ha.tsu.ba.i.bi.
フライング	提前、偷跑 fu.ra.i.n.gu.
早売り (はやうり)	提前開賣 ha.ya.u.ri.

ウケる

受歡迎、好笑

u.ke.ru.

說明

「ウケる」一詞源自於「拍手をうける」，原意是指在演戲時因為有趣或演技好而得到觀眾的喝采鼓掌。後來「ウケる」用來表示人事物很有趣很好笑。

例句

私 はあんまりものまねにウケないけど、
今のはなかなか面白くてウケた。

wa.ta.shi.wa./a.n.ma.ri./mo.no.ma.ne.ni./u.ke.na.i./
ke.do./i.ma.no.wa./na.ka.na.ka./o.mo.shi.ro.ku.te./
u.ke.ta.

我不太常覺得模仿好笑，但現在這個還蠻有趣的很好笑。

相關單字

ツボ	個人的笑點
	tsu.bo.
爆 笑	爆笑
	ba.ku.sho.u.
オチ	最後的笑點
	o.chi.

すべる

搞笑失敗

su.be.ru.

說明

「すべる」原本是「滑倒」的意思，引申為考試滑鐵盧，或是搞笑失敗的情況。

例句

あの芸人は面白くなくて、今日も見事にすべって会場がシーンとなった。

a.no./ge.i.ni.n.wa./o.mo.shi.ro.ku.na.ku.te./kyo.u.mo./mi.go.to.ni./su.be.tte./ka.i.jo.u.ga./shi.i.n.to.na.tta.

那個搞笑藝人不有趣，今天果然也搞笑失敗讓會場一片寂靜。

相關單字

コント	短劇
	ko.n.to.
漫才	相聲
	ma.n.za.i.
落語	單口相聲
	ra.ku.go.

ネタバレ　爆(劇情)雷、劇透

ne.ta.ba.re.

說明

　　「ネタバレ」是網路用語，意思是在網路文章中把小說、遊戲或戲劇的劇情內容結局等詳細寫出來，也就是中文「爆雷」「捏他」「劇透」的意思。「バレ」源於「ばれる」，是洩漏、暴露之意。

例句

最新回を読んだ。でも感想を言うとネタ

バレになっちゃうからやめとく。

sa.i.shi.n.ka.i.o./yo.n.da./de.mo./ka.n.so.u.o./
i.u.to./ne.ta.ba.re.ni./na.ccha.u.ka.ra./ya.me.to.ku.

我讀了最新一集。不過說感想的話就會洩漏劇情，還是不說了。

相關單字

早バレ	爆雷
	ha.ya.ba.re.
感想	感想
	ka.n.so.u.
裏話	幕後故事
	u.ra.ba.na.shi.

あらすじ　　大綱

a.ra.su.ji.

說明

　　「あらすじ」是大綱、綱要的意思，主要指故事或劇情的大綱。而故事結局則是「結末（けつまつ）」。

例句

この映画のあらすじを紹介します。

ko.no./e.i.ga.no./a.ra.su.ji.o./sho.u.ka.i./shi.ma.su.

介紹這部電影的劇情大綱。

相關單字

よこく 予告	預告 yo.ko.ku.
おさらい	複習 o.sa.ra.i.
ストーリー	劇情、故事 su.to.o.ri.i.

せんこう
先行

優先

se.n.ko.u.

說明

票券在正式發售之前，先讓會員等特殊身分者登記抽票抽籤或買票叫做「先行」，如果抽到票就是「当たる」、沒抽到就是「はずれる」或「落選 (らくせん)」。全都沒抽中就是「全滅 (ぜんめつ)」。

例句

ファンクラブに入ると、先行でチケットを
予約できますよ。

fa.n.ku.ra.bu.ni./ha.i.ru.to./se.n.ko.u.de./chi.ke.tto.
o./yo.ya.ku./de.ki.ma.su.yo.

參加後援會的話，就可以優先預約門票。

相關單字

ちゅうせん 抽選	抽選 chu.u.se.n.
とうらく 当落	抽選結果 to.u.ra.ku.
いっぱんはつばい 一般発売	普通販賣 i.ppa.n.ha.tsu.ba.i.

お
押す

延遲

o.su.

說明

「押す」是延遲的意思，用在電視、戲劇表演或是演唱會等，比預計的時間還要晚開始或晚結束。

例句

昨日（きのう）のコンサート、開演時間（かいえんじかん）が 20 分（にじっぷん）も押（お）した。

ki.no.u.no./ko.n.sa.a.to./ka.i.e.n.ji.ka.n.ga./ni.ji.ppu.n.mo./o.shi.ta.

昨天的演唱會，開唱時間延後了 20 分鐘。

相關單字

遅（おく）れる	遲、晚 o.ku.re.ru.
途切（とぎ）れる	中斷 to.gi.re.ru.
中止（ちゅうし）	取消 chu.u.shi.

アーティスト 藝人、藝術家

a.a.ti.su.to.

說明

「アーティスト」也可以說「アーチスト」，源自於英語「artist」，意思是美術家、演奏家、歌手等藝術家。類似的單字還有「シンガーソングライター」(詞曲創作歌手)。

例句

最近、このアーティストの曲を聴いています。

sa.i.ki.n./ko.no./a.a.ti.su.to.no./kyo.ku.o./ki.i.te./i.ma.su.

最近在聽這位藝人的歌。

相關單字

芸能人	藝人
ge.i.no.u.ji.n.	
お笑い芸人	搞笑藝人
o.wa.ra.i.ge.i.ni.n.	
役者	演員
ya.ku.sha.	

こうかい
公開

公布、上映

ko.u.ka.i.

說明

「公開」是公開的意思，引申為電影上映。另外電影初次上映也可以說「ロードショー」或「封切り (ふうきり)」。

例句

この小説は映画化され、来月に公開予定です。

ko.no./sho.u.se.tsu.wa./e.i.ga.ka.sa.re./ra.i.ge.tsu.ni./ko.u.ka.i./yo.te.i.de.su.

這部小說被拍成電影，預計下個月上映。

相關單字

じょうえい 上映する	上映 jo.u.e.i.su.ru.
せんしゅうらく 千秋楽	最後一場 se.n.shu.u.ra.ku.
ひ ろ め お披露目	首次曝光 o.hi.ro.me.

エアバンド　假裝演奏的樂團

e.a.ba.n.do.

說明

　　「エアバンド」是指假裝演奏，樂器實際上並沒有發出聲音的樂團。這種樂團通常只有主唱真正唱出歌聲，其他樂手都是只表演演奏的動作和表情。

例句

このバンドはエアバンドだけど、実は本気で音楽をやっています。

ko.no./ba.n.do.wa./e.a.ba.n.do./da.ke.do./ji.tsu.wa./ho.n.ki.de./o.n.ga.ku.o./ya.tte./i.ma.su.

這個樂團雖然是假裝演奏的團樂，但事實上是很認真地做音樂。

相關單字

ヴィジュアル系	視覺系 bi.ju.a.ru.ke.i.
ロックンロール	搖滾 ro.n.ku.n.ro.o.ru.
オーケストラ	交響樂團 o.o.ke.su.to.ra.

藝文影視篇 MP3 066

くち
口パク

對嘴

ku.chi.pa.ku.

說明

「口パク」是對嘴的意思，而唱現場則是「生歌 (なまうた)」，現場直播則是「生放送 (なまほうそう)」。

例句

ダンスが激しくて口パクなら仕方ないとは思いますが、やっぱり生の歌声を聞きたいです。

da.n.su.ga./ha.ge.shi.ku.te./ku.chi.pa.ku./na.ra./shi.ka.ta.na.i.to.wa./o.mo.i.ma.su.ga./ya.ppa.ri./na.ma.no./u.ta.go.e.o./ki.ki.ta.i.de.su.

雖然覺得舞蹈很激烈的話，對嘴也是沒辦法的事，但還是想聽現場的歌聲。

相關單字

なまうた 生歌	唱現場
	na.ma.u.ta.
ほうそうじこ 放送事故	播出時發生的意外插曲
	ho.u.so.u.ji.ko.
マイク	麥克風
	ma.i.ku.

こうばん
降板　　　　　　退出

ko.u.ba.n.

說明

　　「降板」是指棒球比賽中，因為換投，所以投手從投手丘下來的。引申為辭退或是退出擔任的角色。

例句

ぶたい　しゅえん　つと　　はいゆう　けが　こうばん
舞台の主演を務める俳優が怪我で降板した。

bu.ta.i.no./shu.e.no./tsu.to.me.ru./ha.i.yu.u.ga./
ke.ga.de./ko.u.ba.n./shi.ta.

負責主演此劇的演員，因為受傷而退出了。

相關單字

こうたい 交代	換人 ko.u.ta.i.
キャストする	選角 kya.su.to.su.ru.
だいやく 代役	代替的演員 da.i.ya.ku.

どうじんし
同人誌　　　同人誌

do.u.ji.n.shi.

說明

「同人誌」是是利用漫畫、動畫或是電玩中的人物進行再創作而製成的雜誌或書冊。日本因為同人誌的市場很大,會藉由「コミックマーケット」,簡稱「コミケ」等市集進行同人誌的交流或販賣。

例句

コミケで自分が描いた同人誌を売ってみたい。

ko.mi.ke.de./ji.bu.n.ga./ka.i.ta./do.u.ji.n.shi.o./u.tte./mi.ta.

想在漫畫市集上賣自己畫的同人誌。

相關單字

投稿する	投稿
	to.u.ko.u.su.ru.
イラストレーター	插畫家
	i.ra.su.to.re.e.ta.a.
作家	作家
	sa.kka.

ジム

健身房

ji.mu.

說明

「ジム」源自於英語「gym」，為健身房之意。也可以說「トレーニングジム」。類似的詞有「トレーニング室 (しつ)」(健身室)。

例句

しごと まえ
仕事の前にジムでトレーニングをしています。

shi.go.to.no./ma.e.ni./ji.mu.de./to.re.e.ni.n.gu.o./shi.te./i.ma.su.

工作前都到健身房健身。

相關單字

スポーツクラブ	健身俱樂部 su.po.o.tsu.ku.ra.bu.
スポーツウェア	運動服 su.po.o.tsu.we.a.
フィットネス	瘦身 fi.tto.ne.su.

トレーニング

健身、訓練

to.re.e.ni.n.gu.

說明

「トレーニング」是訓練的意思。相關的詞有：「筋力（きんりょく）トレーニング」（肌力訓練）、「自主（じしゅ）トレーニング」（自主練習）。

例句

わたし　はし
私は走るトレーニングをしています。

wa.ta.shi.wa./ha.shi.ru./to.re.e.ni.n.gu.o./shi.te./i.ma.su.

我正在進行跑步的訓練。

相關單字

トレーナー	教練
	to.re.e.na.a.
きた鍛える	鍛練
	ki.ta.e.ru.
トレーニングマシン	健身器材
	to.re.e.ni.n.gu.ma.shi.n.

きんにく
筋肉

肌肉

ki.n.ni.ku.

說明

　「筋肉」是肌肉的意思，也可以說「マッスル」。練出肌肉的肌力訓練為「筋トレ」；滿身肌肉但頭腦簡單的人則稱為「筋肉バカ」。

例句

テニスを始めて、筋肉もつきました。
はじ　　　　　きんにく

te.ni.su.o./ha.ji.me.te./ki.n.ni.ku.mo./tsu.ki.ma.shi.ta.

開始打網球後，也有了肌肉。

相關單字

きん 筋トレ	肌力訓練 ki.n.to.re.
しぼう 脂肪	脂肪 shi.bo.u.
ボディーライン	身體線條 bo.di.i.ra.i.n.

あされん
朝練

晨間練習

a.sa.re.n.

說明

　　「朝練」是學校的社團或是校隊在早晨的練習活動。晨跑則是「朝ラン（あさらん）」，相對的，晚上的跑步則是「夜ラン（よるらん）」。

例句

わたし　こうこうじだい　あされん　まいにち
私 も高校時代は朝練に毎日のように行っ

ていました。

wa.ta.shi.mo./ko.u.ko.u.ji.da.i.wa./a.sa.re.n.ni./ma.i.ni.chi.no./yo.u.ni./i.tte./i.ma.shi.ta.

我高中時代也每天都去參加晨間練習。

相關單字

あさ 朝ランニング	晨跑 a.sa.ra.n.ni.n.gu.
よるさんぽ 夜散歩	夜間散步 yo.ru.sa.n.po.
よる 夜ラン	夜晚時慢跑 yo.ru.ra.n.

腕立て伏せ

うでた　　ふ

伏地挺身

u.de.ta.te.fu.se.

說明

　「腕立て伏せ」是伏地挺身。常見的健身方式還有「腹筋」(仰臥起)、「スクワット」(深蹲)、「逆立ち(さかだち)」(倒立) 等。

例句

二の腕に筋肉をむきっとさせたくて、

に　　うで　きんにく

毎日、腕立て伏せをやっています。

まいにち　うでた　　ふ

ni.no.u.de.ni./ki.n.ni.ku.o./mu.ki.tto./sa.se.ta.ku.te./
ma.i.ni.chi./u.de.ta.te.fu.se.o./ya.tte./i.ma.su.

想要讓上臂很有肌肉，每天都做伏地挺身。

相關單字

腹筋 ふっきん	仰臥起坐 fu.kki.n.
背筋 はいきん	背肌 ha.i.ki.n.
スクワット	深蹲 su.ku.wa.tto.

ストレッチ 伸展

su.to.re.cchi.

說明

「ストレッチ」源自英語「stretch」，是伸展體操「ストレッチ体操(たいそう)」的省略說法。

例句

ランニングの前^{まえ}にストレッチをした方^{ほう}が

いいです。

ra.n.ni.n.gu.no./ma.e.ni./su.to.re.cchi.o./shi.ta./ho.u.ga./i.i.de.su.

慢跑之前最好先伸展。

相關單字

筋伸ばし すじの	伸展 su.ji.no.ba.shi.
準備運動 じゅんびうんどう	熱身運動 ju.n.bi.u.n.do.u.
ウォーミングアップ	熱身 wo.o.mi.n.gu.a.ppu.

ゆうさんそうんどう
有酸素運動
有氧運動

yu.u.sa.n.so.u.n.do.u.

説明

「酸素 (さんそ)」是氧氣的意思，「有酸素運動」
即是有氧運動。

例句

ゆうさんそうんどう
有酸素運動はダイエットだけではなく
けんこう
健康のためにもいい。

yu.u.sa.n.so.u.n.do.u.wa./da.i.e.tto./da.ke./de.wa.
na.ku./ke.n.ko.u.no./ta.me.ni.mo./i.i.

有氧運動不只是可以減肥，對健康也很好。

相關單字

エアロビクス	有氧運動 e.a.ro.bi.ku.su.
ウォーキング	健走 wo.o.ki.n.gu.
ジョギング	慢跑 jo.gi.n.gu.

運動體育篇 MP3 071

マリンスポーツ 水上運動

ma.ri.n.su.po.o.tsu.

說明

「マリンスポーツ」源自英語「marine sports」，指在水中或水上進行的活動。常見的活動有「水泳」(游泳)、「ダイビング」(潛水)、「水上スキー」(滑水)、「カヌー」(獨木舟)、「ヨット」(游艇)…等。

例句

マリンスポーツが大好きで毎年夏は必ず海に遊びに行きます。

ma.ri.n.su.po.o.tsu.ga./da.i.su.ki.de./ma.i.to.shi./na.tsu.wa./ka.na.ra.zu./u.mi.ni./a.so.bi.ni./i.ki.ma.su.

我很喜歡水上運動，每年夏天一定會去海邊玩。

相關單字

ダイビング	潛水 da.i.bi.n.gu.
サーフィン	沖浪 sa.a.fi.n.
サーファー	沖浪玩家 sa.a.fa.a.

ウィンタースポーツ 冬季運動

u.i.n.ta.a.su.po.o.tsu.

說明

「ウィンタースポーツ」是冬季體育活動的總稱。無論是雪上的「スキー」(滑雪)、「スノーボード」(滑雪板),或是冰上的「スケート」(滑冰)、「カーリング」(冰壺)等,都屬於冬季運動。

例句

今年の冬、どんなウィンタースポーツに挑戦したいですか?

ko.to.shi.no./fu.yu./do.n.na./u.i.n.ta.a.su.po.o.tsu. ni./cho.u.se.n./shi.ta.i.de.su.ka.

今年冬天想挑戰哪一項冬季運動呢?

相關單字

スキー	滑雪
	su.ki.i.
スノーボード	滑雪板
	su.no.o.bo.o.do.
スケート	滑冰
	su.ke.e.to.

ダンベル　啞鈴

da.n.be.ru.

說明

　　「ダンベル」源自語英語「dumbbell」，即啞鈴之意。相關的詞還有「重量挙げ(じゅうりょうあげ)」(舉動)。

例句

ペットボトルに水を入れてダンベル代わりに使っています。

pe.tto.bo.to.ru.ni./mi.zu.o./i.re.te./da.n.be.ru./ga.wa.ri.ni./tsu.ka.tte./i.ma.su.

在保特瓶裡面裝水，當作啞鈴來用。

相關單字

スポーツ用具	運動用品 su.po.o.tsu.yo.u.gu.
重量	重量 ju.u.ryo.u.
握り	握、握把 ni.gi.ri.

きんにくつう
筋肉痛　　　肌肉痠痛

ki.n.ni.ku.tsu.u.

說明

　　前面學過「筋肉」是肌肉的意思，「筋肉痛」即是肌肉痠痛之意；和疼痛相關的還有「頭痛（ずつう）」(頭痛)、「胃痛（いつう）」(胃痛)、「腰痛（ようつう）」(腰痛)…等。

例句

昨日トレーニングして、今朝起きたら
筋肉痛になっていた。

ki.no.u./to.re.e.ni.n.gu./shi.te./ke.sa./o.ki.ta.ra./
ki.n.ni.ku.tsu.u.ni./na.tte.i.ta.

昨天進行訓練，早上起來肌肉痠痛。

相關單字

肩こり かた	肩頸僵硬
	ka.ta.ko.ri.
肉離れ にくばな	拉傷
	ni.ku.ba.na.re.
アイシング	冰敷
	a.i.shi.n.gu.

運動不足
うんどうぶそく

缺乏運動

u.n.do.u.bu.so.ku.

說明

「不足」是不足夠的意思，「運動不足」是缺乏運動之意。動動身體則是「体を動かす (からだをうごかす)」。

例句

私 は社会人になってから運動不足になった。
わたし　しゃかいじん　　　　　　　　　うんどうぶそく

wa.ta.shi.wa./sha.ka.i.ji.n.ni./na.tte./ka.ra./u.n.do.u.bu.so.ku.ni./na.tta.

我出了社會之後，就變得缺乏運動。

相關單字

解消 かいしょう	消除 ka.i.sho.u.
肥満 ひまん	肥胖 hi.ma.n.
運動嫌い うんどうぎら	討厭運動 u.n.do.u.gi.ra.i.

素振り
すぶ

練習動作

su.bu.ri.

說明

「素振り」是做動作或姿勢的練習，拿球棒或是球拍、球桿等，進行空揮，也是「素振り」。

例句

ゴルフが上手くなるには、ボールを打つことより素振りの練習が重要です。

go.ru.fu.ga./u.ma.ku.na.ru./ni.wa./bo.o.ru.o./u.tsu.ko.to./yo.ri./su.bu.ri.no./re.n.shu.ga./ju.u.yo.u.de.su.

想要高爾夫球技進步，比起打球，更重要的是練習揮桿動作。

相關單字

練習する れんしゅう	練習 re.n.shu.u.su.ru.
姿勢 しせい	姿勢 shi.se.i.
上達する じょうたつ	進步 jo.u.ta.tsu.su.ru.

あいて
相手

對手

a.i.te.

說明

「相手」是對方、對手的意思。例如「話し相手」(說話的對象)、「けんか相手」(吵架的對象)…等。

例句

あいて
相手チームはとても強かったですが、
ぼくたち いっしょう おも で
僕達は一生の思い出ができたのでとても
たの
楽しかったです。

a.i.te.chi.i.mu.wa./to.te.mo./tsu.yo.ka.tta.de.su.ga./bo.ku.ta.chi.wa./i.ssho.u.no./o.mo.i.de.ga./de.ki.ta./no.de./to.te.o./ta.no.shi.ka.tta.de.su.

雖然對方隊伍非常強勁，但我們也得到了一輩子的回憶，覺得很開心。

相關單字

ライバル	敵手、對手 ra.i.ba.ru.
きょうそうあいて 競争相手	競爭對手 kyo.u.so.u.a.i.te.
てき 敵	敵人 te.ki.

ぼろ負_まけ　慘敗

bo.ro.ma.ke.

說明

　　「ぼろ負け」是輸得一塌糊塗、慘敗的意思。同義詞還有「大敗 (たいはい)」、「慘敗する (ざんぱいする)」。

例句

練習していなかったから、結局ボロ負けだった。

re.n.shu.u./shi.te./i.na.ka.tta./ka.ra./ke.kkyo.ku./bo.ro.ma.ke.da.tta.

因為沒練習，結果輸得一塌糊塗。

相關單字

はいぼく 敗北	敗北 ha.i.bo.ku.
ざんぱい 慘敗	慘敗 za.n.pa.i.
かんぱい 完敗	慘敗 ka.n.pa.i.

ファイト 加油

fa.i.to.

說明

「ファイト」源自英語「fight」，是戰鬥、意志力的意思，也引申用來當作自己或他人加油時的口號。

例句

今日_{きょう}も１日_{いちにち}ファイトです。

今日<ruby>今日<rt>きょう</rt></ruby>も１日<ruby>日<rt>いちにち</rt></ruby>ファイトです。

kyo.u.mo./i.chi.ni.chi./fa.i.to.de.su.

今天１天也加油。

相關單字

張り切る は り き	充滿幹勁、加油 ha.ri.ki.ru.
前向き まえむ	正面思考 ma.e.mu.ki.
気合を入れる きあい い	提起精神 ki.a.i.o.i.re.ru.

エール

聲援

e.e.ru.

說明

「エール」源自於英語的「yell」，指的是比賽時，加油團齊聲為選手加油的口號。常見的加油口號有「フレーフレー」、「頑張れ」等。

例句

彼女はブログで被災地にエールを送った。

ka.no.jo.wa./bu.ro.gu.de./hi.sa.i.chi.ni./e.e.ru.o./oo.ku.tta.

她在部落格上給受災地獻上聲援。

相關單字

行け	上啊
	i.ke.
頑張れ	加油啊
	ga.n.ba.re.
フレーフレー	加油！加油！
	fu.re.e.fu.re.e.

おうえん
応援する　支持

o.u.e.n.su.ru.

說明

「応援する」是支持、加油的意思；若是實際在心理或實際上支援，則是說「サポートする」。

例句

おうえん
応援しています。これからも頑張ってください。

o.u.e.n./shi.te./i.ma.su./ko.re.ka.ra.mo./ga.n.ba.tte./ku.da.sa.i.

我很支持你。今後也請加油。

相關單字

はげ 励ます	鼓勵、激勵
	ha.ge.ma.su.
せいえん 声援	聲援
	se.i.e.n.
コール	口號、呼喚
	ko.o.ru.

ペケ 犯錯

pe.ke.

說明

「ペケ」原指「打 X」的「X」記號，後用來表示錯誤。現在一般會把「X」符號叫做「ばつ」；打圈的「○」符號則叫做「まる」。

例句

頑張っている学生はちょっとくらいペケでも認めてあげたい。

ga.n.ba.tte./i.ru./ga.ku.se.i.wa./cho.tto./ku.ra.i./
pe.ke./de.mo./mi.to.me.te./a.ge.ta.i.

很努力的學生就算犯點小錯，也想給予肯定。

相關單字

だめ	不行
	da.me.
不出来	做得不好
	fu.de.ki.
ばつ	「X」、答錯
	ba.tsu.

へまをやる 犯錯、出錯

he.ma.o.ya.ru.

説明

「へま」是失敗的意思，「へまをやる」則是犯錯。類似的有「とちる」(出錯)、「失態」(出醜)、「実らない」(沒有成果)。

例句

仕事でまたヘマをやってしまった。

shi.go.to.de./ma.ta./he.ma.o./ya.tte./shi.ma.tta.

工作又出錯了。

相關單字

コケる	跌倒、失敗 ko.ke.ru.
失敗する	失敗 shi.ppa.i.su.ru.
しくじる	受挫 shi.ku.ji.ru.

パクる 抄襲

pa.ku.ru.

說明

「パクる」是未經許可就盜用、偷竊他人的東西之意，也用於剽竊他人作品的情況；也可以說「盜作する」。類似的字還有「パロディ」，是拿名作來加以創作以表達對其的敬意或是幽對方一默。

例句

彼は先輩の作品をパクったことを認めて謝罪した。

ka.re.wa./se.n.pa.i.no./sa.ku.hi.no./pa.ku.tta./
ko.to.o./mi.to.me.te./sha.za.i./shi.ta.

他承認抄襲前輩的作品，並且道了歉。

相關單字

盗作	抄襲作品
	to.u.sa.ku.
パロディ	惡搞、致敬
	pa.ro.di.
乗っ取る	侵佔、霸佔
	no.tto.ru.

コツ

技巧、訣竅

ko.tsu.

說明

「コツ」意思是能了解事情的本質而抓住處理的要領和訣竅。類似的詞有「裏ワザ（うらわざ）」（祕技）、「手段（しゅだん）」（方法）、「とっておきの手」（祕技）。

例句

ドリブルがうまくなるコツはなんですか？

do.ri.bu.ru.ga./u.ma.ku./na.ru./ko.tsu.wa./na.n.de.su.ka.

運球進步的訣竅是什麼呢？

相關單字

ようりょう 要領	要訣 yo.u.ryo.u.
ひけつ 秘訣	祕訣 hi.ke.tsu.
しかた 仕方	方法 shi.ka.ta.

なめる

小看、瞧不起

na.me.ru.

說明

「なめる」是小看、瞧不起的意思，同義字還有「あ ざける」、「あなどる」、「見下す(みくだす)」等。

例句

相手をなめちゃいけない。最後まで全力 で走れ！

a.i.te.o./na.me.cha./i.ke.na.i./sa.i.go./ma.de./ ze.n.ryo.ku.de./ha.shi.re.

不可以小看對手。到最後都要盡全力跑！

相關單字

あなどる	輕視
	a.na.do.ru.
バカにする	瞧不起
	ba.ka.ni.su.ru.
見くびる	看不起
	mi.ku.bi.ru.

引き分け

ひ　わ

平分秋色、平手

hi.ki.wa.ke.

說明

「引き分け」是平手的意思，也可以說「ドロー」。同義詞還有「勝負なし (しょうぶなし)」、「タイゲーム」、「ドローンゲーム」等。

例句

昨日の試合は引き分けに終わった。

きのう　　しあい　　ひ　わ　　　　　お

ki.no.u.no./shi.a.i.wa./hi.ki.wa.ke.ni./o.wa.tta.

昨天比賽以平手收場。

相關單字

ドロー	平手 do.ro.o.
同点 どうてん	同分 do.u.te.n.
泥仕合 どろじあい	大混戰 do.ro.ji.a.i.

切り札
き ふだ

王牌、殺手鐧

ki.ri.fu.da.

說明

「切り札」一詞源自撲克牌遊戲中最後的王牌，引申為殺手鐧的意思。同義語還有「最終兵器 (さいしゅうへいき)」。

例句

負けた！先に切り札を出しておけばよかった。

ma.ke.ta./sa.ki.ni./ki.ri.fu.da.o./da.shi.te./o.ke.ba./yo.ka.tta.

輸了！應該先出殺手鐧的。

相關單字

決め技 き わざ	殺手鐧 ki.me.wa.za.
エース	王牌 e.e.su.
最終手段 さいしゅうしゅだん	最後手段 sa.i.shu.u.shu.da.n.

リベンジ

報仇、再挑戰

ri.be.n.ji.

說明

「リベンジ」源自於英語「revenge」，是報仇的意思，也有再次挑戰的意思。具有報仇意思的詞還有「復讐する (ふくしゅうする)」、「やり返す (やりかえす)」。

例句

今日（きょう）はいい点数（てんすう）を取（と）れなかったが、次（つぎ）こそリベンジしたいです。

kyo.u.wa./i.i./te.n.su.u.o./to.re.na.ka.tta.ga./tsu.gi.ko.so./ri.be.n.ji./shi.ta.i.de.su.

今天沒拿到好分數，下次一定要討回來。

相關單字

取（と）り返（かえ）す	討回 to.ri.ka.e.su.
逆襲（ぎゃくしゅう）	反攻 gya.ku.shu.u.
仕返（しかえ）し	報仇 shi.ka.e.shi.

プチ整形
せいけい

微整型

pu.chi.se.i.ke.i.

說明

　　「プチ整形」是微整型的意思。在日本，美容整型看的是「美容外科 (びようげか)」；一般醫院手術外科是「形成外科 (けいせいげか)」，進行筋骨等運動傷害治療的是「整形外科 (せいけいげか)」。

例句

どの国でもプチ整形ははやっているみた
<ruby>国<rt>くに</rt></ruby> <ruby>整形<rt>せいけい</rt></ruby>

いです。

do.no./ku.ni./de.mo./pu.chi.se.i.ke.i.wa./ha.ya.tte./
i.ru./mi.ta.i.de.su.

好像不管哪個國家都正流行微整型。

相關單字

美容 びよう	美容 bi.yo.u.
フェースリフト	臉部拉提 fe.e.su.ri.fu.to.
外科 げか	外科 ge.ka.

いじる　　　　整、動

i.ji.ru.

說明

「いじる」是玩弄、碰觸的意思，引申用來指在臉上動刀或微整等整型的動作。而動手術則是「メスを入れる」。

例句

かのじょ　てんねんびじん　　おも
彼女は天然美人かと思っていましたが、

　　かお
やはり顔はいじっているようです。

ka.no.jo.wa./te.n.ne.n.bi.ji.n.ka.to./o.mo.tte./i.ma.
shi.ta.ga./ya.ha.ri./ka.o.wa./i.ji.tte./i.ru./yo.u.de.su.

還以為她是天然美女，但似乎還是整了臉。

相關單字

て 手をかける	碰、加以 te.o.ka.ke.ru.
かいぞう 改造する	改造 ka.i.zo.u.su.ru.
い メスを入れる	動刀、動手術 me.su.o.i.re.ru.

デブ

胖子

de.bu.

說明

「デブ」是用來嘲笑別人胖的詞，意思是「胖子」。如果要說別人胖得很可愛，或只是微胖、有肉，則是「ぽっちゃり」。

例句

まんぷく ね
満腹で寝るとデブになっちゃうよ！

ma.n.pu.ku.de./ne.ru.to./de.bu.ni./na.ccha.u.yo.

吃飽就睡會變成胖子喔！

相關單字

ひまん 肥満	肥胖 hi.ma.n.
ぽっちゃり	微胖、有肉 po.ccha.ri.
げきぶと 激太り	超胖、變胖很多 ge.ki.bu.to.ri.

しあわ ぶと
幸せ太り　幸福肥

shi.a.wa.se.bu.to.ri.

說明

「幸せ」是幸福的意思，因為生活幸福美滿而發福，就是「幸せ太り」。

例句

けっこん　　　　　　　　しあわ　ぶと　　　　　　ふく
結婚してから幸せ太りして服がパツパツ

になった。

ke.kko.n./shi.te./ka.ra./shi.a.wa.se.bu.to.ri./shi.te./
fu.ku.ga./pa.tsu.pa.tsu.ni./na.tta.

結婚後因為幸福肥，衣服都變得很緊。

相關單字

しょうがつぶと 正月太り	過年發福 sho.u.ga.tsu.bu.to.ri.
みずぶと 水太り	虛胖 mi.zu.bu.to.ri.
さけぶと 酒太り	喝酒變胖 sa.ke.bu.to.ri.

メタボ

代謝症候群、肥胖

me.ta.bo.

說明

「メタボ」是「メタボリックシンドローム（meta-bolic syndrome）」(代謝症候群) 的簡稱。「メタボ」也可用來指肥胖 (尤其是腰圍特別大的人)。

例句

また太<ruby>っ<rt>ふと</rt></ruby>たか？メタボに注意<ruby><rt>ちゅうい</rt></ruby>しないと。

ma.ta.fu.to.tta.ka./me.ta.bo.ni./chu.u.i./shi.na.i.to.

你又變胖了嗎？要小心代謝症候群 (當心腰圍) 喔。

相關單字

正月メタボ しょうがつ	過年肥胖 sho.u.ga.tsu.me.ta.bo.
体型 たいけい	體型 ta.i.ke.i.
からだつき	體型 ka.ra.da.tsu.ki.

塑身整型篇　MP3 083

マッチョ　健美、有肌肉

ma.ccho.

說明

「マッチョ」源自西班牙語「macho」，原意是「有男子氣慨」之意，日文中則是用來表示體型，形容有肌肉、健美的男性。

例句

マッチョな体型（たいけい）になりたくて、筋（きん）トレを毎日続（まいにちつづ）けている。

ma.ccho.na./ta.i.ke.i.ni./na.ri.ta.ku.te./ki.n.to.re.o./
ma.i.ni.chi./tsu.zu.ke.te./i.ru.

想要變成有肌肉的體型，所以每天持續肌力訓練。

相關單字

細（ほそ）マッチョ	瘦但有肌肉 ho.so.ma.ccho.
ガタイがいい	體格很好 ga.ta.i.ga.i.i.
ムキムキ	很有肌肉 mu.ki.mu.ki.

ガリガリ　　瘦得皮包骨

ga.ri.ga.ri.

說明

　　「ガリガリ」是形容瘦得皮包骨，把「ガリガリ」動詞化成「ガリる」是表示因為減肥而急遽變瘦。

例句

一流のファッションモデルは皆ガリガリに瘦せているね。

i.chi.ryu.u.no./fa.ssho.n.mo.de.ru.wa./mi.na./ga.ri.ga.ri.ni./ya.se.te./i.ru.ne.

頂尖的時裝模特兒，大家都瘦得皮包骨。

相關單字

痩せこける	消瘦憔悴 ya.se.ko.ke.ru.
スレンダー	瘦長 su.re.n.da.a.
ほっそり	很瘦 ho.sso.ri.

リバウンド　復胖

ri.ba.u.n.do.

說明

「リバウンド」源自於英語「rebound」，是形容減肥瘦下來，但停止減肥後體重恢復或比原本更胖。

例句

１度ダイエットに成功したけど、元の食事に戻したらすぐリバウンドしてしまった。

i.chi.do./da.i.e.tto.ni./se.i.ko.u./shi.ta./ke.do./
mo.to.no./sho.ku.ji.ni./mo.do.shi.ta.ra./su.gu./ri.ba.
u.n.do./shi.te./shi.ma.tta.

曾經１度減肥成功，但恢復原本的飲食後，馬上就復胖了。

相關單字

繰り返す	反覆
	ku.ri.ka.e.su.
減らす	減少
	he.ra.su.
増やす	增加
	fu.ya.su.

スタイル　體型、外型

su.ta.i.ru.

說明

　　「スタイル」源自英語「style」，意指人的體態或外型。「スタイルがいい」就是體態、身材很好的意思。

例句

彼女（かのじょ）は美人（びじん）でスタイルもよくてとても
素敵（すてき）です。

ka.no.jo.wa./bi.ji.n.de./su.ta.i.ru.mo./yo.ku.te./to.te.mo./su.te.ki.de.su.

她長得美體態又好，真是佳人。

相關單字

かっこう	外表、打扮 ka.kko.u.
姿（すがた）	模樣 su.ga.ta.
見（み）た目（め）	外表 mi.ta.me.

イメチェン 改變形象

i.me.che.n.

說明

「イメチェン」是結合了「イメージ」(image；形象)和「チェンジ」(change；改變)兩個單字，意思是將外型或行事作風進行改變，讓原本的形象有所不同。

例句

ずっと伸ばしていた前髪を切ってイメチェンしました。

zu.tto./no.ba.shi.te./i.ta./ma.e.ga.mi.o./ki.tte./i.me.che.n./shi.ma.shi.ta.

剪掉了一直留著的長瀏海，改變形象。

相關單字

イメージ	形象 i.me.e.ji.
キャラ変え	改變形象 kya.ra.ga.e.
変身	變身 he.n.shi.n.

ブサカワ

醜得可愛

bu.sa.ka.wa.

説明

「ブサカワ」是「ブサかわいい」的省略說法，結合了「ブサイク」(醜)和「かわいい」(可愛)兩個字；醜和可愛本來是意思完全相反的兩個字，但結合在一起，用來形容醜得很可愛的人或動物。

例句

ゴマフアザラシの赤ちゃんがブサカワで癒される。

go.ma.fu.a.za.ra.shi.no./a.ka.cha.ga./bu.sa.ka.wa.de./i.ya.sa.re.ru.

斑海豹寶寶醜得很可愛，讓人覺得療癒。

相關單字

キモかわいい	噁心又可愛 ki.mo.ka.wa.i.i.
憎めない	無法討厭 ni.ku.me.na.i.
ほのぼの	溫暖的 ho.no.bo.no.

ブサイク 醜

bu.sa.i.ku.

說明

「ブサイク」是很醜的意思，這個詞可以當名詞也可以當形容詞用。很醜也可以說「醜い」。

例句

ブサイクだから自撮り写真を撮るのが嫌なの。

bu.sa.i.ku./da.ka.ra./ji.do.ri.sha.shi.n.o./to.ru. no.ga./i.ya.na.no.

因為我很醜，所以討厭自拍。

相關單字

醜い（みにくい）	醜
	mi.ni.ku.i.
ブス	醜女
	bu.su.
化物（ばけもの）	鬼
	ba.ke.mo.no.

読モ

業餘模特兒

do.ku.mo.

說明

「読モ」是「読者モデル」的簡略說法。通常是指透過時裝雜誌的招募或是發掘的非專業、業餘模特兒；「読モ」通常是學生或是一般上班族，能讓讀者覺得親近無距離，因此很受歡迎。

例句

かのじょ ちゅうがくせい ころ どく
彼女は中学生の頃から読モをやっています。

ka.no.jo.wa./chu.u.ga.ku.se.i.no./ko.ro./ka.ra./do.ku.mo.o./ya.tte./i.ma.su.

她從中學時代就開始當業餘模特兒。

相關單字

モデル	模特兒 mo.de.ru.
スナップ	街頭照 su.na.ppu.
おしゃれ	時尚 o.sha.re.

コーデ　　　穿搭

ko.o.de.

說明

「コーデ」是「コーディネイト」(coordinate) 的簡略說法、、「コーデ」是穿搭、搭配的意思。名詞是「コーディネーション」。

例句

<ruby>最近<rt>さいきん</rt></ruby><ruby>朝晩<rt>あさばん</rt></ruby>と<ruby>昼間<rt>ひるま</rt></ruby>の<ruby>温度<rt>おんど</rt></ruby>の<ruby>差<rt>さ</rt></ruby>が<ruby>激<rt>はげ</rt></ruby>しくて、いつも<ruby>服<rt>ふく</rt></ruby>のコーデに<ruby>悩<rt>なや</rt></ruby>んでいます。

sa.i.ki.n./a.sa.ba.n.to./hi.ru.ma.no./o.n.do.no./sa.ga./ha.ge.shi.ku.te./i.tsu.mo./fu.ku.no./ko.o.de.ni./na.ya.n.de./i.ma.su.

最近早晚和白天的溫差很大，總是為了衣服的穿搭而煩惱。

相關單字

服選び ふくえらび	選衣服 fu.ku.e.ra.bi.	
着こなし き	穿搭術 ki.ko.na.shi.	
色合い いろあ	配色 i.ro.a.i.	

カラコン　瞳孔放大片

ka.ra.ko.n.

說明

　隱形眼鏡是「コンタクトレンズ」，簡稱為「コンタクト」；軟式是「ソフト」，硬式是「ハード」。「カラコン」是「カラーコンタクト」的簡略說法，意為有顏色的隱形眼鏡，即瞳孔放大片。

例句

カラコンを1日中つけたら、目が痛くなった。

ka.ra.ko.n.o./i.chi.ni.chi.ju.u./tsu.ke.ta.ra./me.ga./i.ta.ku./na.tta.

戴了1整天放大片，眼睛很痛。

相關單字

コンタクト	隱形眼鏡 ko.n.ta.ku.to.
使い捨て	拋棄式 tsu.ka.i.su.te.
度数	度數 do.su.u.

エステ　　　美容、美體

e.su.te.

說明

「エステ」是「エステティック」的簡略說法，泛指各種可以讓各部位變美的美容法。

例句

けっこんしき む かよ はじ
結婚式に向けてエステに通い始めました。

ke.kko.n.shi.ki.ni./mu.ke.te./e.su.te.ni./ka.yo.i./ha.ji.me.ma.shi.ta.

為了準備婚禮，開始去美容沙龍。

相關單字

だつもう 脱毛	脱毛 da.tsu.mo.u.
フェイシャル	做臉 fe.i.sha.ru.
コース	課程、療程 ko.o.su.

スキンケア　皮膚保養

su.ki.n.ke.a.

說明

「スキンケア」源自英文「skin care」，意指保養皮膚，也可以用來指保養皮膚用的保養品。

例句

はだ びんかん じょうたい
肌が敏感な状態だと、どのようにスキン

ケアをしたらいいですか？

ha.da.ga./bi.n.ka.n.na./jo.u.ta.i.da.to./do.no./
yo.u.ni./su.ki.n.ke.a.o./shi.ta.ra./i.i.de.su.ka.

肌膚在敏感狀態時，要做怎麼樣的皮膚保養比較好？

相關單字

びはだ 美肌	皮膚很好、美膚 bi.ha.da.
ほしつ 保湿	保濕 ho.shi.tsu.
ニキビ	痘子 ni.ki.bi.

イケメン　帥哥

i.ke.me.n.

說明

「イケメン」是結合了「いけてる」(有魅力受歡迎的)和「メン」(men) 兩個字，意指帥氣的男性。

例句

しゃちょう むすこ
社長の息子さんはかなりのイケメンだそうです。

sha.sho.u.no./mu.su.ko.sa.n.wa./ka.na.ri.no./i.ke.me.n.da.so.u.de.su.

社長的兒子好像是很帥的帥哥。

相關單字

いろおとこ 色男	有魅力的男人 i.ro.o.to.ko.
にまいめ 二枚目	長得帥的人 ni.ma.i.me.
びけい 美形	外表美麗的男人 bi.ke.i.

ブーム　　　熱潮

bu.u.mu.

說明

「ブーム」源自英文的「boom」，意指一時非常盛行、受歡迎的事物。流行、盛行則可以用「来てる」這個動詞。

例句

<ruby>最近<rt>さいきん</rt></ruby>、<ruby>万年筆<rt>まんねんひつ</rt></ruby>が<ruby>大人<rt>おとな</rt></ruby>の<ruby>筆記用具<rt>ひっきようぐ</rt></ruby>としてブームになっているそうです。

sa.i.ki.n./ma.n.ne.n.hi.tsu.ga./o.to.na.no./hi.kki. yo.u.gu./to.shi.te./bu.u.mu.ni./na.tte./i.ru./so.u.de. su.

最近，鋼筆以成人筆記用品之姿引起熱潮。

相關單字

はやり	流行
	ha.ya.ri.
マイブーム	自己最近熱衷的
	ma.i.bu.u.mu.
<ruby>来<rt>き</rt></ruby>てる	正流行
	ki.te.ru.

いける　　可行

i.ke.ru.

說明

「いける」是事物進行得很好的樣子；也可以用來形容喝酒喝得多或是東西的味道很好，能吃得很開心的意思。

例句

このアイデア、たぶん技術的にもいけるじゃないかな。

ko.no./a.i.de.a./ta.bu.n./gi.ju.tsu.te.ki.ni.mo./i.ke.ru./ja.na.i.ka.na.

這個意見，在技術面說不定也行得通喔。

相關單字

気に入る	喜歡 ki.ni.i.ru.
受け入れる	接受 u.ke.i.re.ru.
達成する	達成 ta.sse.i.su.ru.

うまくいく　順利進行

u.ma.ku.i.ku.

說明

　「うまい」是好、順利的意思，「いく」則是指事物進行；故「うまくいく」是表示事情進行得順利；進行得不順利則是「うまくいかない」。

例句

なにごと
何事もはじめからうまくいくわけがない。

na.ni.go.to.mo./ha.ji.me.ka.ra./u.ma.ku./i.ku./wa.ke.ga./na.i.

沒有任何事是一開始就順利的。

相關單字

じゅんちょう 順調	順利 ju.n.cho.u.
とんとん拍子 びょうし	非常順利 to.n.to.n.byo.u.shi.
じゅんぷうまんぱん 順風満帆	一帆風順 ju.n.pu.u.ma.n.pa.n.

トレンド　潮流

to.re.n.do.

說明

「トレンド」源自英文「trend」，是流行、潮流的意思；在 SNS 流行後，「トレンド」還有具有「現在流行的話題」之意，像是「トレンド入り」就是指推特上成為熱門討論關鍵字的話題。

例句

彼女はトレンドに流されないで、自分らしい着こなしをしている。

ka.no.jo.wa./to.re.n.do.ni./na.ga.sa.re.na.i.de./ji.bu.n.ra.shi.i./ki.ko.na.shi.o./shi.te./i.ru.

她不盲目跟隨潮流，總是有自己的一套穿搭法。

相關單字

傾向 けいこう	傾向 ke.i.ko.u.
風向き かざむき	風向、傾向 ka.za.mu.ki.
波 なみ	潮流 na.mi.

ふるくさ
古臭い

陳舊、老氣

fu.ru.ku.sa.i.

說明

「古臭い」是老氣、陳舊的意思。類似的詞語還有「保守的(ほしゅてき)」(保守的)、「昭和の(しょうわの)」(過時的)、「古い(ふるい)」(舊的)。

例句

ともだち みな なまえ じぶん
友達は皆かわいい名前なのに、自分の
なまえ ふるくさ かん いや
名前だけ古臭い感じで嫌です。

to.mo.da.chi.wa./mi.na./ka.wa.i.i./na.ma.e./na.no.
ni./ji.bu.n.no./na.ma.e./da.ke./fu.ru.ku.sa.i./ka.n.ji.
de./i.ya.de.su.

每個朋友都有可愛的名字,只有我的名字很老氣,覺得很討厭。

相關單字

ダサい	土氣、醜
	da.sa.i.
いなかくさ 田舎臭い	土氣
	i.na.ka.ku.sa.i.
わる カッコ悪い	很遜
	ka.kko.wa.ru.i.

はやる　　　　流行

ha.ya.ru.

說明

　　「はやる」是流行的意思。類似的詞語有「スポットを浴びる（あびる）」（受注目）、「流行を追う（りゅうこうをおう）」（追求流行）…等。

例句

ようかい
妖怪ウォッチはもうはやっていないらし

いよ。

yo.u.ka.i.wo.cchi.wa./mo.u./ha.ya.tte./i.na.i./ra.shi.
i.yo.

妖怪手錶好像已經不流行了耶。

相關單字

だいにんき 大人気	大受歡迎 da.i.ni.n.ki.
ちゅうもく 注目される	受囑目 chu.u.mo.ku.sa.re.ru.
せっけん 席巻する	席卷 se.kke.n.su.ru.

びんじょう
便乗する　搭便車、利用

bi.n.jo.u.su.ru.

說明

「便乗する」是搭便車的意思，引申為巧妙地利用機會追求利益；如「便乗値上げ（びんじょうねあげ）」（乘勢漲價）。

例句

ペットブームに便乗して、猫グッズを作りました。

pe.tto.bu.u.mu.ni./bi.n.jo.u./shi.te./ne.ko.gu.zzu.o./tsu.ku.ri.ma.shi.ta.

搭寵物熱潮的便車，製作了和貓相關的商品。

相關單字

ばいめい 売名	藉名人打知名度 ba.i.me.i.
りょう 利用する	利用 ri.yo.u.su.ru.
お　かぜ 追い風	順風、順勢 o.i.ka.ze.

りゅうこうご
流行語

流行語

ryu.u.ko.u.go.

說明

「流行語」是指在某個時期在社會上或固定族群間經常使用的字詞或說話方法。

例句

この言葉はネットで流行語となって、今では日常会話でもよく使われています。

ko.no./ko.to.ba.wa./ne.tto.de./ryu.u.ko.u.go.to./
na.tte./i.ma.de.wa./ni.chi.jo.u.ka.i.wa.de.mo./
yo.ku./tsu.ka.wa.re.te./i.ma.su.

這個字在網路上成為流行語，現在在日常對話中也經常使用。

相關單字

はやり言葉	流行語
	ha.ya.ri.ko.to.ba.
業界用語	專業用語
	gyo.u.ka.i.yo.u.go.
若者言葉	年輕人用語
	wa.ka.mo.no.ko.to.ba.

世も末

世風日下、末世

yo.mo.su.e.

說明

「世も末」是末世的意思，比喻這個世界已到了盡頭沒救了的意思。

例句

こんな小説がはやるとは世も末だな。

ko.n.na./sho.u.se.tsu.ga./ha.ya.ru./to.wa./yo.mo.su.e.da.na.

這種小說會流行真是世風日下。

相關單字

引き揚げ	退出
	hi.ki.a.ge.
引退	退休
	i.n.ta.i.
色褪せる	褪色
	i.ro.a.se.ru.

せんど
鮮度

新鮮感

se.n.do.

說明

「鮮度」原是指魚、肉、菜等的新鮮程度,引申用來表示事物給人的新鮮感。

例句

<ruby>新<rt>あたら</rt></ruby>しいグループを<ruby>見<rt>み</rt></ruby>ていると、アイドルは<ruby>鮮度<rt>せんど</rt></ruby>が<ruby>命<rt>いのち</rt></ruby>なんだなとつくづく<ruby>思<rt>おも</rt></ruby>う。

a.ta.ra.shi.i./gu.ru.u.pu.o./mi.te.i.ru.to./a.i.do.ru.wa./se.n.do.ga./i.no.chi./na.n.da.na.to./tsu.ku.zu.ku./o.mo.u.

看了新的團體,不禁覺得偶像最重要的就是新鮮感。

相關單字

ピチピチする	青春洋溢 pi.chi.pi.chi.su.ru.
フレッシュ	新鮮 fu.re.sshu.
<ruby>若々<rt>わかわか</rt></ruby>しい	年輕 wa.ka.wa.ka.shi.i.

売れっ子

當紅炸子雞

u.re.kko.

說明

「売れる」是賣得很好、很受歡迎的意思;「売れっ子」就是很受歡迎、四方邀約不斷的人。類似的詞語有「超売れっ子作家」(超級當紅作家)、「人気スター」(人氣巨星)、「花形(はながた)」(頭牌)。

例句

あの声優、デビュー当初は下手だったが、今では立派な売れっ子になった。

a.no./se.i.yu.u./de.byu.u.to.u.sho.wa./he.ta.da.tta. ga./i.ma.de.wa./ri.ppa.na./u.re.kko.ni./na.tta.

那位聲優,剛出道時雖然很差,現在已經成為出色的當紅炸子雞了。

相關單字

人気者 にんきもの	受歡迎的人 ni.n.ki.mo.no.
カリスマ	教主、引導者 ka.ri.su.ma.
引っ張りだこ ひ ぱ	大家搶著要的人 hi.ppa.ri.da.ko.

ミーハー 發燒客、愛跟流行的人

mi.i.ha.a.

說明

「ミーハー」是指熱衷於跟隨流行，或是很容易對事情著迷的人。

例句

<ruby>私<rt>わたし</rt></ruby>はマンガとアニメが<ruby>好<rt>す</rt></ruby>きで、ゲームもたまにやります。<ruby>結構<rt>けっこう</rt></ruby>なミーハーで<ruby>新<rt>あたら</rt></ruby>しいものが<ruby>大好<rt>だいす</rt></ruby>きです。

wa.ta.shi.wa./ma.n.ga.to./a.ni.me.ga./su.ki.de./
ge.e.mu.mo./ta.ma.ni./ya.ri.ma.su./ke.kko.u.na./
mi.i.ha.a.de./a.ta.ra.shi.i.mo.no.ga./da.i.su.ki.de.su.

我喜歡漫畫和動畫，也玩電玩。是很愛跟流行的人，喜歡新的事物。

相關單字

チャレンジャー	有挑戰精神的人 cha.re.n.ja.a.
<ruby>新<rt>あたら</rt></ruby>し<ruby>物好<rt>ものず</rt></ruby>き	喜歡新事物的人 a.ta.ra.shi.mo.no.zu.ki.
<ruby>好奇心<rt>こうきしん</rt></ruby>	好奇心 ko.u.ki.shi.n.

<ruby>恋<rt>こい</rt></ruby>バナ

戀愛話題

ko.i.ba.na.

說明

「恋バナ」是「恋ばなし」的簡略說法，指關於戀愛的話題。類似的詞語還有「浮いた話」(和戀愛有關的話)、「浮いた噂」(和戀愛相關的傳聞)…等。

例句

<ruby>昨日<rt>きのう</rt></ruby>は<ruby>友達<rt>ともだち</rt></ruby>とご<ruby>飯<rt>はん</rt></ruby>を<ruby>食<rt>た</rt></ruby>べたり<ruby>恋<rt>こい</rt></ruby>バナをしたりして１<ruby>日<rt>いちにち</rt></ruby>を<ruby>過<rt>す</rt></ruby>ごした。

ki.no.u.wa./to.mo.da.chi.to./go.ha.n.o./ta.be.ta.ri./ko.i.ba.na.o./shi.ta.ri.shi.te./i.chi.ni.chi.o./su.go.shi. ta.

昨天和朋友吃吃飯，聊戀愛話題，過了１天。

相關單字

<ruby>打<rt>う</rt></ruby>ち<ruby>明<rt>あ</rt></ruby>け<ruby>話<rt>ばなし</rt></ruby>	打開天窗說亮話、坦白 u.chi.a.ke.ba.na.shi.
<ruby>恋愛<rt>れんあい</rt></ruby>トーク	戀愛話題 re.n.a.i.to.o.ku.
<ruby>浮<rt>う</rt></ruby>き<ruby>名<rt>な</rt></ruby>	緋聞 u.ki.na.

戀愛篇 MP3 096

のろけ話 _{ばなし}　放閃、炫耀感情

no.ro.ke.ba.na.shi.

說明

「のろけ」是由動詞「のろける」而來，意思是在別人面前炫耀自己和另一半的感情很好，就像中文裡常說的「放閃」；「のろけ話」即是放閃的話語。

例句

友達の幸せそうなのろけ話を聞いて自分も幸せな気分になった。

to.mo.da.chi.no./shi.a.wa.se.so.u.na./no.ro.ke.ba.na.shi.o./ki.i.te./ji.bu.n.mo./shi.a.wa.se.na./ki.bu.n.ni./na.tta.

聽了朋友幸福放閃，自己也變得有幸福的感覺。

相關單字

のろける	放閃 no.ro.ke.ru.
自慢する _{じまん}	炫耀 ji.ma.n.su.ru.
見せびらかす _み	給人看、炫耀 mi.se.bi.ra.ka.su.

こく
告る

告白

ko.ku.ru.

說明

「告る」源自於「告白する」，主要用於告白愛意的情況。

例句

好_すきな人_{ひと}に告_{こく}りたいけど、告_{こく}る勇気_{ゆうき}がない。

su.ki.na./hi.to.ni./ko.ku.ri.ta.i./ke.do./ko.ku.ru.yu.u.ki.ga./na.i.

想要向喜歡的人告白，但沒有告白的勇氣。

相關單字

こくはく 告白	告白 ko.ku.ha.ku.
う　あ 打ち明ける	坦白 u.chi.a.ke.ru.
プロポーズ	求婚 pu.ro.po.o.zu.

<ruby>合<rt>ごう</rt></ruby>コン

聯誼

go.u.ko.n.

說明

「合コン」為「男女合同（だんじょごうどう）コンパ」的簡略說法，是男女為了結交朋友而舉辦的聚會；這種男女聯誼的聚會，也有各種不同的聚會模式或主題，像是「ゴルコン」（高爾夫聯誼）、「料理教室（りょうりきょうしつ）合コン」（烹飪教室聯誼）…等。

例句

<ruby>合<rt>ごう</rt></ruby>コンの<ruby>幹事<rt>かんじ</rt></ruby>を<ruby>頼<rt>たの</rt></ruby>まれた。

go.u.ko.n.no./ka.n.ji.o./ta.no.ma.re.ta.

被拜託當聯誼的召集人。

相關單字

メンバー	成員
	me.n.ba.a.
<ruby>幹事<rt>かんじ</rt></ruby>	召集人、主辦者
	ka.n.ji.
セッティング	安排
	se.tti.n.gu.

婚活
婚友聯誼活動

ko.n.ka.tsu.

說明

在日本，找工作叫做「就職活動」，簡稱「就活」；而尋找另一半就叫做「結婚活動」，簡稱「婚活」。常見的「婚活」有「見合い」(相親)、「交流イベント」(交流活動)、「婚活セミナー」(婚友講座)...等。

例句

彼は周囲に既婚者が増えた影響で婚活を始めた。

ka.re.wa./shu.u.i.ni./ki.ko.n.sha.ga./fu.e.ta./e.i.kyo.u.de./ko.n.ka.tsu.o./ha.ji.me.ta.

他受身邊已婚者增加的影響，開始婚友聯誼活動。

相關單字

お見合い	相親
	o.mi.a.i.
結婚相談所	婚友社
	ke.kko.n.so.u.da.n.jo.
出会い	相逢
	de.a.i.

付き合う

つ あ

交往、往來

tsu.ki.a.u.

說明

「付き合う」是指人和人之間往來或陪伴的關係，也可以用來表示情侶關係。

例句

ぼく つ あ
僕と付き合ってください！

bo.ku.to./tsu.ki.a.tte./ku.da.sa.i.

請和我交往！

相關單字

カップル	情侶
	ka.ppu.ru.
交際 こうさい	交往
	ko.u.sa.i.
デート	約會
	de.e.to.

ゴールイン　結婚

go.o.ru.i.n.

説明

　「ゴールイン」原是指運動競技中，達到終點或是得分；引申為達到目標或目的之意，多半用在表示情侶決定結婚。

例句

ふたり　じゅうねん　ご　　こうさい　みの
2 人は 10 年越しの交際を実らせ、ゴールインした。

fu.ta.ri.wa./ju.u.ne.n.go.shi.no./ko.u.sa.i.o./mi.no.ra.se./go.o.ru.i.n./shi.ta.

2 人交往超過 10 年終於開花結果，步入婚姻。

相關單字

かお あ 顔合わせ	雙方家人見面
	ka.o.a.wa.se.
ゆいのう 結納	訂婚
	yu.i.no.u.
ひろうえん 披露宴	婚宴
	hi.ro.n.e.n.

腕を組む

挽著手臂

u.de.o.ku.mu.

說明

「腕を組む」是兩手交叉的意思，用來形容將兩手交叉在胸前思考事情的樣子；也可以用來形容兩個人手挽著手的樣子。類似的字詞還有「手つなぎ」(牽手)、「手つなぎデート」(牽著手約會)。

例句

彼女はいつも恋人と仲良く腕を組んで歩く。

ka.no.jo.wa./i.tsu.mo./ko.i.bi.to.to./na.ka.yo.ku./u.de.o./ku.n.de./a.ru.ki.

她總是和情人感情很好地挽著手臂走路。

相關單字

手をつなぐ	牽手 te.o.tsu.na.gu.
肩を寄せ合う	併肩 ka.ta.o.yo.se.a.u.
仲睦まじい	和諧、恩愛 na.ka.mu.tsu.ma.ji.i.

お揃い そろ

相同的

o.so.ro.i.

說明

「お揃い」是指衣服的顏色或花樣相同，好朋友或家人、情侶故意用一樣的東西、或做一樣的穿著打扮，就可以講「お揃い」。類似的詞語還有「ペアルック」（情侶裝）。

例句

今日は旦那とお揃いの靴を買いました。
きょう　だんな　　　　そろ　　くつ　か

kyo.u.wa./da.n.na.to./o.so.ro.i.no./ku.tsu.o./
ka.i.ma.shi.ta.

今天買了和老公一樣的鞋。

相關單字

ペアルック	情侶打扮、情侶裝
	pe.a.ru.kku.
色違い いろちが	不同顏色
	i.ro.chi.ga.i.
デザイン	設計
	de.za.i.n.

どうせい
同棲 　　　同居

do.u.se.i.

說明

「同棲」是情侶同居，如果單純是指朋友或家人住在一起則是「同居」；類似的詞語還有「半同棲 (はんどうせい)」(半同居)、「合い鍵 (あいかぎ)」(共同擁有的鑰匙)。

例句

ふたり　きょねんどうせい　はじ
2 人は去年同棲を始めた。

fu.ta.ri.wa./kyo.ne.n./do.u.se.i.o./ha.ji.me.ta.

2 人去年開始同居。

相關單字

どうきょ 同居	住一起 do.u.kyo.
ルームメイト	室友 ru.u.mu.me.i.to.
じっかぐ 実家暮らし	住父母家 ji.kka.gu.ra.shi.

じじつこん
事実婚

同居但沒登記結婚

ji.ji.tsu.ko.n.

說明

「事実婚」是有婚姻事實，但沒有登記結婚。類似的詞還有「内縁」；一般來說，「内縁」是雙方有婚姻事實但基於一些因素無法登記結婚。而「事実婚」則是雙方隨時可登記結婚但選擇不登記。.

例句

私たちは常に恋人のような関係でいたいと事実婚を選んだ。

wa.ta.shi.ta.chi.wa./tsu.ne.ni./ko.i.bi.to.no./yo.u.na./ka.n.ke.i.de./i.ta.i.to./ji.ji.tsu.ko.n.o./e.ra.n.da.

我們想要經常保持像情侶一樣的關係，所以選擇同居不登記結婚。

相關單字

ないえん 内縁	同居的、沒正式登記的 na.i.e.n.
けいしき 形式	形式 ke.i.shi.ki.
べっせい 別姓	不同姓 be.sse.i.

おめでた婚こん　先有後婚

o.me.de.ta.ko.n.

說明

　　「めでたい」是可喜可賀的意思。因為有了孩子是值得慶賀的事，所以因為有了孩子決定結婚就稱為「おめでた婚」，也可以叫做「できちゃった結婚」、「授かり婚 (さずかりこん)」、「お急ぎ婚 (おいそぎこん)」、「ママリッジ」…等。

例句

近年きんねん、おめでた婚こんするひとおおくなった。

ki.n.ne.n./o.me.de.ta.ko.n./su.ru./hi.to.ga./o.o.ku.na.tta.

近年來，先有後婚的人變多了。

相關單字

授かり婚さずこん	先有後婚
	sa.zu.ka.ri.ko.n.
入籍にゅうせき	登記
	nyu.u.se.ki.
婚約こんやく	婚約
	ko.n.ya.ku.

ていしゅかんぱく
亭主関白　　大男人主義

te.i.shu.ka.n.pa.ku.

說明

　「亭主」是老公、丈夫的意思。「亭主関白」是指在家庭裡，由老公主導一切，也就是所謂的「大男人主義」。相反的，若是怕老婆的男人，則是稱為「恐妻家」。

例句

うちの旦那は亭主関白でわがままで
自分勝手です。

u.chi.no./da.n.na.wa./te.i.shu.ka.n.pa.ku.de./wa.ga.
ma.ma.de./ji.bu.n.ka.tte.de.su.

我的老公很大男人，任性又自作主張。

相關單字

きょうさいか 恐妻家	怕老婆的人
	kyo.u.sa.i.ka.
マザコン	戀母情結
	ma.za.ko.n.
イクメン	家庭主夫
	i.ku.me.n.

かかあ天下（でんか）

妻管嚴、女權至上

ka.ka.a.de.n.ka.

說明

「かかあ天下」是表示在家庭裡面，妻子的權力比丈夫還要大，一切由妻子作主。

例句

あの国（くに）は大半（たいはん）がかかあ天下（でんか）ですね。

a.no.ku.ni.wa./ta.i.ha.n.ga./ka.ka.a.te.n.ka.de.su.ne.

那國家大部分都是女性作主。

相關單字

なでしこ	傳統日本女性 na.de.shi.ko.
大和撫子（やまとなでしこ）	傳統日本女性 ya.ma.to.na.de.shi.ko.
主婦（しゅふ）	家庭主婦 shu.fu.

<ruby>振<rt>ふ</rt></ruby>られる

被甩、被拋棄

fu.ra.re.ru.

說明

「振られる」是被另一半給甩了、被拋棄。分手則是「別れる」；因為吵架而分手是「喧嘩別れ(けんかわかれ)」。

例句

<ruby>価値観<rt>かちかん</rt></ruby>の<ruby>違<rt>ちが</rt></ruby>いで<ruby>彼女<rt>かのじょ</rt></ruby>に<ruby>振<rt>ふ</rt></ruby>られた。

ka.chi.ka.n.no./chi.ga.i.de./ka.no.jo.ni./fu.ra.re.ta.

因為價值觀不同,被女友拋棄了。

相關單字

<ruby>別<rt>わか</rt></ruby>れる	分手 wa.ka.re.ru.
<ruby>失恋<rt>しつれん</rt></ruby>	失戀 shi.tsu.re.n.
<ruby>自然解消<rt>しぜんかいしょう</rt></ruby>	自然消滅、自然淡了 shi.ze.n.ka.i.sho.u.

戀愛篇 MP3 103

べっきょ
別居

分開住、分居

be.kkyo.

說明

「別居」是分開居住的意思，用在婚姻關係裡就是分居之意。

例句

いまりこん　ぜんてい　べっきょ
今離婚を前提に別居しています。

i.ma./ri.ko.no./ze.n.te.i.ni./be.kkyo./shi.te./i.ma.su.

現在以離婚為前提正分居。

相關單字

すれ違う（ちが）	錯過、不同
	su.re.chi.ga.u.
確執（かくしつ）	各持己見無法溝通
	ka.ku.shi.tsu.
別室（べっしつ）	不同房
	be.sshi.tsu.

うわき
浮気

偷吃、劈腿

u.wa.ki.

說明

「浮気」是已經有情侶或另一半了，還在外面偷吃，同時和別人交往；劈腿也可以說「二股」，也就是同時和 2 個人交往。若是已經結婚卻還和別人交往，或是和有婚姻關係的人交往，則叫做「不倫」。

例句

どうして電話に出てくれなかったの？
浮気してるんじゃない？

do.u.shi.te./de.n.wa.ni./de.te./ku.re.na.ka.tta.no./
u.wa.ki./shi.te.ru.n./ja.na.i.

怎麼不接我電話？是不是劈腿？

相關單字

ふりん 不倫	外遇 fu.ri.n.
ふたまた 二股	劈腿 fu.ta.ma.ta.
スキャンダル	醜聞 su.kya.n.da.ru.

戀愛篇 (MP3 104)

よりを戻す　重修舊好

yo.ri.o.mo.do.su.

說明

「よりを戻す」是情侶言歸於好、重修舊好的意思；也可以說「元に戻る(もとにもどる)」、「復縁」。

例句

別れた彼と会い、話し合ってよりを戻した。

wa.ka.re.ta./ka.re.to./a.i./ha.na.shi.a.tte./yo.ri.o./mo.do.shi.ta.

和已分手的他見面，談過之後又重修舊好。

相關單字

復縁 ふくえん	重修舊好 fu.ku.e.n.
仲直り なかなお	言歸於好 na.ka.na.o.ri.
未練 みれん	依依不捨 mi.re.n.

恋わずらい
こい

為愛煩惱

ko.i.wa.zu.ra.i.

說明

「恋わずらい」是為愛情而煩惱或是心情鬱悶，也可以說「恋の病」。

例句

彼女今日はいつもと違い、ぼーっとした
かのじょきょう　　　　　　　　　　ちが

様子でした。もしかして恋わずらい？
ようす　　　　　　　　　　　　　　　　こい

ka.no.jo./kyo.u.wa./i.tsu.mo.to./chi.ga.i./bo.o.tto./
shi.ta./yo.u.su.de.shi.ta./mo.shi.ka.shi.te./ko.i.wa.
zu.ra.i.

她今天平常不同，老是放空的樣子。該不會是為愛煩惱？

相關單字

恋の病 こい　やまい	愛情心病 ko.i.no.ya.ma.i.
悩み相談 なや　そうだん	諮詢傾訴煩惱 na.ya.mi.so.u.da.n.
癒やす い	療癒 i.ya.su.

かたおも
片思い

單相思

ka.ta.o.mo.i.

說明

「片思い」是單相思、單戀的意思；如果是雙方情投意合，就是「両思い (りょうおもい)」。

例句

かのじょ
彼女はずっと片思いしてる人がいるそう

です。

ka.no.jo.wa./zu.tto./ka.ta.o.mo.i./shi.te.ru./hi.to.ga./i.ru./so.u.de.su.

她好像有個一直單相思的人。

相關單字

おも　　よ 思いを寄せる	喜歡、意屬 o.mo.i.o.yo.se.ru.
むく 報われない	得不到回應 mu.ku.wa.re.na.i.
ひとめぼ 一目惚れ	一見鍾情 hi.to.me.bo.re.

弁慶の泣き所
べんけい　な　どころ

脛骨

be.n.ke.i.no.na.ki.do.ko.ro.

説明

「弁慶の泣き所」是指小腿前方脛骨的部分，正式的名稱是「脛」或「向こう脛」；因為撞到脛骨會非常疼痛，就算是弁慶這樣的豪傑也會痛到落淚，所以就把脛骨稱為「弁慶の泣き所」。

例句

じてんしゃ　　　　　　　　　　　あし　け　あ
自転車のペダルを足で蹴り上げたら、
べんけい　な　どころ　ちょくげき
弁慶の泣き所に直撃してしまった。

ji.te.n.sha.no./pe.da.ru.o./a.shi.de./ke.ri.a.ge.ta.ra./
be.n.ke.i.no./na.ki.to.ko.ro.ni./cho.ku.ge.ki./shi.te./
shi.ma.tta.

用腳把自行車的腳踏板往上踢時，直擊中脛骨。

相關單字

脛 （すね）	脛骨 su.ne.
ふくらはぎ	小腿肚 fu.ku.ra.ha.gi.
がにまた	O 型腿 ga.ni.ma.ta.

膝小僧
ひざこぞう

膝蓋

hi.za.ko.zo.u.

說明

　　膝蓋的正式名稱是「膝」，原本「小僧」是叫小孩的時候所使用的詞，因為古代人穿的衣服剛好露出膝蓋，感覺像膝蓋出來露臉，故將其擬人化為「膝小僧」。

例句

階段から落ちて、膝小僧が青あざだらけです。
(かいだん)(お)(ひざこぞう)(あお)

ka.i.da.n./ka.ra./o.chi.te./hi.za.ko.zo.u.ga./a.o.a.za./da.ra.ke.de.su.

從樓梯下摔下來，膝蓋上都是瘀青。

相關單字

ひかがみ	膝蓋後面
	hi.ka.ga.mi.
関節 (かんせつ)	關節
	ka.n.se.tsu.
膝の裏 (ひざ)(うら)	膝蓋後面
	hi.za.no.u.ra.

ふと
太もも
大腿

fu.to.mo.mo.

說明

「太もも」也可以說「もも」；大腿的內側是「うちもも」；大腿肉就是「もも肉」。

例句

もう少し太ももを細くしたいな。
すこ ふと ほそ

mo.u.su.ko.shi./fu.to.mo.mo.o./ho.so.ku./shi.ta.i.na.

好希望大腿再瘦一點啊。

相關單字

しり お尻	臀部 o.shi.ri.
かはんしん 下半身	下半身 ka.ha.n.shi.n.
こかんせつ 股関節	髖關節 ko.ka.n.se.tsu.

あしくび
足首
腳踝

a.shi.ku.bi.

說明

「足首」是腳踝，也可以說「アンクル」(ankle)；手腕則是「手首 (てくび)」。

例句

あしくび　　ねんざ　　　　　　　　　くつ　は
足首を捻挫したせいで靴が履けない。

a.shi.ku.bi.o./ne.n.za./shi.ta./se.i.de./ku.tsu.ga./ha.ke.na.i.

因為扭傷腳踝的關係，不能穿鞋。

相關單字

くるぶし	腳踝外側 ku.ru.bu.shi.
かたあし 片足	單腳 ka.ta.a.shi.
かかと	腳跟 ka.ka.to.

土踏まず （つちふ） 足弓

tsu.chi.fu.ma.zu.

說明

　　「土踏まず」是腳底碰不到地板的足弓部分，因為踩地時不會碰到地上的土，故叫「土踏まず」。

例句

土踏（つちふ）まずのところにある筋（すじ）が歩（ある）いていると痛（いた）みます。

tsu.chi.fu.ma.zu.no./to.ko.ro.ni./a.ru./su.ji.ga./a.ru.i.te./i.ru.to./i.ta.mi.ma.su.

足弓處的筋，走路就會痛。

相關單字

足（あし）の裏（うら）	腳底 a.shi.no.u.ra.
足（あし）の甲（こう）	腳背 a.shi.no.ko.u.
つま先（さき）	腳尖 tsu.ma.sa.ki.

ふじびたい
富士額

美人尖

fu.ji.bi.ta.i.

說明

　　「額」是額頭的意思；「富士額」是指額頭的髮際部分有像富士山的美人尖；日本古代也將此做為美女的評斷標準之一。

例句

昔、富士額は美人の条件とされていました。

mu.ka.shi./fu.ji.bi.ta.i.wa./bi.ji.n.no./jo.u.ke.n.to./sa.re.te./i.ma.shi.ta.

在以前，有美人尖是美人的條件之一。

相關單字

生え際 は　ぎわ	髮際線 ha.e.gi.wa.
襟足 えりあし	脖子後方髮際線處 e.ri.a.shi.
天パ てん	自然捲 te.n.pa.

つむじ 髪旋

tsu.mu.ji.

說明

　　「つむじ」是髪旋的意思。和頭髮相關的字詞還有「生え際」(髮際線)、「もみあげ」(鬢角)、「前髪(まえがみ)」(瀏海)…等。

例句

最近美容師に教えてもらったのですが、
私、つむじが２つあるそうです。

sa.i.ki.n./bi.yo.u.shi.ni./o.shi.e.te./mo.ra.tta.no.de.
su.ga./wa.ta.shi./tsu.mu.ji.ga./fu.ta.tsu.a.ru./
so.u.de.su.

最近髮型設計師告訴我，我有２個髮旋。

相關單字

首筋 くびすじ	頸部、頸部線條 ku.bi.su.ji.
産毛 うぶげ	胎毛、細毛 u.bu.ke.
もみあげ	鬢角 mo.mi.a.ge.

目の下のクマ　黑眼圈

め　した

me.no.shi.ta.no.ku.ma.

說明

「クマ」是指陰影或顏色較濃的部分，「目の下の
クマ」就是黑眼圈，也可以說「クマ」。出現黑眼圈
就是「目の下にクマができた」。

例句

疲れがたまって目の下にクマができてし
つか　　　　　　　　め　した

まった。

tsu.ka.re.ga./ta.ma.tte./me.no.shi.ta.ni./ku.ma.ga./
de.ki.te./shi.ma.tta.

累積了許多疲勞，出現了黑眼圈。

相關單字

目尻	眼尾
めじり	me.ji.ri.
涙袋	臥蠶
なみだぶくろ	na.mi.da.bu.ku.ro.
つぶら	圓滾滾的
	tsu.bu.ra.

こばな
小鼻

鼻翼

ko.ba.na.

說明

「小鼻」是指鼻翼的部分。和鼻子相關的詞還有「鼻先」(鼻尖)、「鼻の穴」(鼻孔)、「鼻毛 (はなげ)」(鼻毛)…等。

例句

かれ　こばな　　ふく
彼は小鼻を膨らませながら、自慢の作品を
じまん　さくひん
見せてくれた。
み

ka.re.wa./ko.ba.na.o./fu.ku.ra.ma.se.na.ga.ra./ji.ma.n.no./sa.ku.hi.n.o./mi.se.te./ku.re.ta.

他撐大鼻翼、出示了驕傲的作品。

相關單字

はなすじ 鼻筋	鼻梁
	ha.na.su.ji.
はなさき 鼻先	鼻尖、很近的地方
	ha.na.sa.ki.
はな　　つ　ね 鼻の付け根	山根
	ha.na.no.tsu.ke.ne.

はな した
鼻の下　　　　人中

ha.na.no.shi.ta.

說明

　　「鼻の下」是鼻子下方到嘴巴間的區塊，也就是人中的地方。一般常用「鼻の下を伸ばす」來比喻男性看到心儀的女性時抿著嘴忍不住露出笑意的樣子。

例句

かれ　　　　　　　　　じょせい　　み　　　　　　　　　　　　　　はな
彼はきれいな女性を見てニヤニヤと鼻の
した　の
下を伸ばした。

ka.re.wa./ki.re.i.na./jo.se.i.o./mi.te./ni.ya.ni.ya.to./
ha.na.no.shi.ta.o./no.ba.shi.ta.

他看到漂亮女性，笑嘻嘻地拉長人中露出笑意。

相關單字

はな 鼻みぞ	人中 ha.na.mi.zo.
はな　　あな 鼻の穴	鼻孔 ha.na.no.a.na.
はな 鼻をしかめる	皺鼻子 ha.na.o.shi.ka.me.ru.

ほっぺた　　臉頰

ho.ppe.ta.

說明

「ほっぺた」是臉頰的意思，也可以說「ほお」、「ほほ」。日文常用「ほっぺたが落ちる」來形容東西非常好吃美味。

例句

子供が赤ちゃんのほっぺたにちゅーした。

ko.do.mo.ga./a.ka.cha.n.no./ho.ppe.ta.ni./chu.u./shi.ta.

小孩在寶寶的臉頰上親一下。

相關單字

チーク	臉頰、腮紅
	chi.i.ku.
ビンタする	甩巴掌
	bi.n.ta.su.ru.
えくぼ	酒窩
	e.ku.bo.

利き手
き て

慣用手

ki.ki.te.

說明

「利き手」是指慣用手。而 5 根手指的名稱則是「親指 (おやゆび)」(大姆指)、「人差し指 (ひとさしゆび)」(食指)、「中指 (なかゆび)」(中指)、「薬指 (くすりゆび)」(無名指)、「小指 (こゆび)」(小指)。

例句

私の利き手は左手ですが、右手用のギターを使っています。

wa.ta.shi.no./ki.ki.te.wa./hi.da.ri.te.de.su.ga./mi.gi.te.yo.u.no./gi.ta.a.o./tsu.ka.tte./i.ma.su.

我慣用左手，但用右手用的吉他。

相關單字

うで 腕	手腕
	u.de.
ひじ 肘	手肘
	hi.ji.
ひだりき 左利き	左撇子
	hi.da.ri.ki.ki.

しゃっくり 打嗝

sha.kku.ri.

說明

「しゃっくり」是打嗝，也可以說「さくり」、「きつぎゃく」、「しゃくり」。「しゃっくり」是連續長時間的打嗝，如果是喝汽水、吃飯等只有單次的打嗝，則是「ゲップ」。

例句

朝_{あさ}からしゃっくりが止_とまらない。

a.sa./ka.ra./sha.kku.ri.ga./to.ma.ra.na.i.

從早上就不停打嗝。

相關單字

ゲップ	打嗝
	ge.ppu.
あくび	呵欠
	a.ku.bi.
咳払_{せきばら}い	清喉嚨
	se.ki.ba.ra.i.

こむら返り　小腿抽筋

<ruby>返<rt>がえ</rt></ruby>

ko.mu.ra.ga.e.ri.

説明

　「こむら返り」是小腿抽筋，也可以說「足がつる」。至於其他部位的抽筋，則用「つる」這個動詞，如：「指がつる」(手指抽筋)。

例句

<ruby>夕<rt>ゆう</rt></ruby>べ<ruby>寝<rt>ね</rt></ruby>ているときに<ruby>足<rt>あし</rt></ruby>がこむら<ruby>返<rt>がえ</rt></ruby>りになった。

yu.u.be./ne.te./i.ru./to.ki.ni./a.shi.ga./ko.mu.ra.ga.e.ri.ni./na.tta.

昨天睡覺的時候小腿抽筋了。

相關單字

スポーツ障害 <ruby>障害<rt>しょうがい</rt></ruby>	運動傷害 su.po.o.tsu.sho.u.ga.i.
つる	抽筋 tsu.ru.
<ruby>腱鞘炎<rt>けんしょうえん</rt></ruby>	肌腱炎 ke.n.sho.u.e.n.

むくむ

浮腫、水腫

mu.ku.mu.

說明

「むくむ」是指身體的部分因為水氣等而變得浮腫。

例句

今ラーメンを食べると明日顔がパンパン

むくんでしまいますよ。

i.ma./ra.a.me.no./ta.be.ru.to./a.shi.ta./ka.o.ga./
pa.n.pa.n./mu.ku.n.de./shi.ma.i.ma.su.yo.

現在吃拉麵的話，明天臉會脹得很腫的喔。

相關單字

パンパン	很腫、很緊
	pa.n.pa.n.
リンパ	淋巴
	ri.n.pa.
血流	血液循環
けつりゅう	ke.tsu.ryu.u.

寝ぼけ

沒睡醒

ne.bo.ke.

說明

「ぼけ」是頭腦不清楚的意思，「寝ぼけ」就是因為想睡覺頭腦不清楚的樣子。

例句

新人はいつも寝ぼけた顔で出社する。

shi.n.ji.n.wa./i.tsu.mo./ne.bo.ke.ta.ka.o.de./shu.ssha./su.ru.

新人總是一臉沒睡醒的樣子來上班。

相關單字

寝坊する	睡過頭 ne.bo.u.su.ru.
寝言	夢話 ne.go.to.
不眠症	失眠 fu.mi.n.sho.u.

なつ
夏バテ

夏季精神不振

na.tsu.ba.te.

說明

　「バテ」本來是賽馬的用語，形容馬因為疲勞而跑不快的樣子。「夏バテ」是表示因為夏秋之際因天氣炎熱而引發的倦怠感、食欲不振、腸胃不適、頭痛等症狀。也可以說「暑さ負け (あつさまけ)」或「夏負け (なつまけ)」。

例句

こども　　　 なつ　　　　　　　 しょくよく
子供が夏バテで食欲がない。

ko.do.mo.ga./na.tsu.ba.te.de./sho.ku.yo.ku.ga./na.i.

孩子因為夏天精神不振而沒食欲。

相關單字

なつや 夏痩せ	因夏天熱而瘦 na.tsu.ya.se.
ねっちゅうしょう 熱中症	中暑 ne.cchu.u.sho.u.
たいちょう　くず 体調を崩す	病倒、生病 ta.i.sho.u.o.ku.zu.su.

5月病
ごがつびょう

5月常見的身心疲勞

go.ga.tsu.byo.u.

說明

「五月病」是指新進員工或大學新鮮人，因為無法適應新環境，壓力太大，身心過度疲勞而引發的鬱悶、心情低落等精神症狀。

例句

今年入った新人が辞めたいって、5月病
ことし　はい　　　しんじん　や　　　　　　ごがつびょう
のせいかな？

ko.to.shi./ha.i.tta./shi.n.ji.n.ga./ya.me.ta.i.tte./go.ga.tsu.byo.u.no./se.i.ka.na.

今年剛來的新人說想辭職，是因為5月常見的精神疲勞嗎？

相關單字

落ち込む お　こ	心情低落 o.chi.ko.mu.
不安 ふ　あん	不安 fu.a.n.
うつ病 びょう	憂鬱症 u.tsu.byo.u.

だるい

沒力氣、沒勁

da.ru.i.

說明

　「だるい」是非常疲勞，累得沒有力氣的意思；也用來形容事情提不起興趣、沒有幹勁；同義字還有「気だるい(けだるい)」。

例句

休日はだるいのでゆっくり休みたいです。

kyu.u.ji.tsu.wa./da.ru.i./no.de./yu.kku.ri./ya.su.mi.ta.i.de.su.

放假總覺得沒勁，想好好休息。

相關單字

やる気がない	沒幹勁、提不起勁
	ya.ru.ki.ga.na.i.
脱力	沒力氣
	da.tsu.ryo.ku.
萎える	萎靡
	na.e.ru.

とりはだ
鳥肌

雞皮疙瘩

to.ri.ha.da.

說明

「鳥肌」是雞皮疙瘩，動詞是「鳥肌が立つ」。

例句

こわ はなし き とりはだ た
怖い話を聞いて鳥肌が立った。

ko.wa.i./ha.na.shi.o./ki.i.te./to.ri.ha.da.ga./ta.tta.

聽了恐怖的故事，起了雞皮疙瘩。

相關單字

おかん 悪寒	寒意 o.ka.n.
ふる あ 震え上がる	發抖 fu.ru.a.ga.ru.
さむけ 寒気	發冷 sa.mu.ke.

<ruby>酸欠<rt>さんけつ</rt></ruby>

缺氧

sa.n.ke.tsu.

說明

「酸素」是氧氣，「酸欠」是「酸素欠乏症 (さんそけつぼうしょう)」的簡略說法，意思是缺氧。

例句

<ruby>朝<rt>あさ</rt></ruby>から<ruby>走<rt>はし</rt></ruby>って<ruby>酸欠<rt>さんけつ</rt></ruby>で<ruby>気持<rt>きも</rt></ruby>ち<ruby>悪<rt>わる</rt></ruby>いです。

a.sa.ka.ra./ha.shi.tte./sa.n.ke.tsu.de./ki.mo.chi./wa.ru.i.de.su.

一早就跑步，因缺氧而覺得不舒服。

相關單字

<ruby>息苦<rt>いきぐる</rt></ruby>しい	喘不過氣
	i.ki.gu.ru.shi.i.
<ruby>圧迫感<rt>あっぱくかん</rt></ruby>	壓迫感
	a.ppa.ku.ka.n.
<ruby>息<rt>いき</rt></ruby>が<ruby>詰<rt>つ</rt></ruby>まる	覺得喘不過氣
	i.ki.ga.tsu.ma.ru.

きょうふしょう
恐怖症　　　恐懼症

kyo.u.fu.sho.u.

說明

「恐怖症」是對特殊事物或狀況感到莫名的不安或害怕。相關的字詞有「閉所恐怖症」（幽閉恐懼症）、「先端恐怖症（せんたんきょうふしょう）」（尖端恐懼症）...等。

例句

わたし　こうしょきょうふしょう
私 は高所恐怖症でジェットコースター
の
は乗れません。

wa.ta.shi.wa./ko.u.sho.kyo.u.fu.sho.u.de./je.tto.
ko.o.su.ta.a.wa./no.re.ma.se.n.

我有懼高症，不能坐雲霄飛車。

相關單字

たいじんきょうふしょう 対人恐怖症	對人恐懼症 ta.i.ji.n.kyo.u.fu.sho.u.
へいしょきょうふしょう 閉所恐怖症	幽閉恐懼症 he.i.sho.kyo.u.fu.sho.u.
あ　　　しょう 上がり症	焦盧症 a.ga.ri.sho.u.

時差ボケ

じ さ

因時差而不適

ji.sa.bo.ke.

說明

「ボケ」是由「ぼける」而來，是頭腦或是知覺反應遲鈍的意思。「時差ボケ」是指因時差而引起的身體不適，如疲勞或睡眠障礙等。

例句

アメリカから帰ってきたばかりで、まだ時差ボケで眠いです。

かえ

じ さ　ねむ

a.me.ri.ka./ka.ra./ka.e.tte./ki.ta./ba.ka.ri.de./
ma.da./ji.sa.bo.ke.de./ne.mu.i.de.su.

才剛從美國回來，還有時差很想睡。

相關單字

睡眠障害 すいみんしょうがい	睡眠障礙 su.i.mi.n.sho.u.ga.i.
体内時計 たいないどけい	生理時鐘 ta.i.na.i.do.ke.i.
リズム	規律 ri.zu.mu.

ふつかよ
二日酔い 宿醉

fu.tsu.ka.yo.i.

説明

「二日酔い」是宿醉的意思。相關的字詞還有「急性アルコール中毒 (きゅうせいあるこーるちゅうどく)」(急性酒精中毒)。

例句

二日酔いで会社に遅刻してしまった。
ふつかよ　　　　かいしゃ　ちこく

fu.tsu.ka.yo.i.de./ka.i.sha.ni./chi.ko.ku./shi.te./shi.ma.tta.

因宿醉而上班遲到。

相關單字

酒浸り さけびた	不停喝酒 sa.ke.bi.ta.ri.
飲み明かす の　あ	喝到天亮 no.mi.a.ka.su.
和らげる やわ	緩和症狀 ya.wa.ra.ge.ru.

くるまよ
車酔い
　　　　　　　　暈車

ku.ru.ma.yo.i.

說明

　暈車、暈船等因乘坐交通工具而感到不適的情況稱為「乗り物酔い」；暈車是「車酔い」、暈船是「船酔い」、暈機是「飛行機酔い」；動詞是「酔う」，而止暈藥則是「酔い止め」。

例句

わたし　くるまよ
私 は車酔いしやすいです。

wa.ta.shi.wa./ku.ru.ma.yo.i./shi.ya.su.i.de.su.

我很容易暈車。

相關單字

ひこうきよ 飛行機酔い	暈機 hi.ko.u.ki.yo.i.
ふなよ 船酔い	暈船 fu.na.yo.i.
よ　ど 酔い止め	止暈藥 yo.i.do.me.

けびょう
仮病

装病

ke.byo.u.

説明

　「仮」是假裝、暫時的意思。「仮病」是假裝生病，「仮病を使う」是利用假裝生病的方法請假或是找藉口不做事。而故意找藉口休的假，就叫做「ズル休み」。

例句

きのう　けびょう　つか　　　　がっこう　やす
昨日、仮病を使って学校を休んだ。

ki.no.u./ke.byo.u.o./tsu.ka.tte./ga.kko.u.o./ya.su.n.da.

昨天裝病向學校請假。

相關單字

ズル休み やす	找藉口休假 zu.ru.ya.su.mi.
横着する おうちゃく	偷懶、想取巧 o.u.cha.ku.su.ru.
妄想 もうそう	幻覺、妄想 mo.u.so.u.

じびょう
持病　　　　　宿疾

ji.byo.u.

說明

　「持病」是宿疾的意思。生活中常見的慢性病有「糖尿病（とうにょうびょう）」（糖尿病）、「高血圧（こうけつあつ）」（高血壓）等。

例句

こうけつあつ　じゅうねんらい　じびょう
高血圧は 10 年来の持病です。

ko.u.ke.tsu.a.tsu.wa./ju.u.ne.n.ra.i.no./ji.byo.u.de.su.

高血壓是我 10 年來一直有的宿疾。

相關單字

せいかつしゅうかんびょう 生活習慣病	因生活習慣引發的疾病 se.i.ka.tsu.shu.u.ka.n.byo.u.
まんせいてき 慢性的	慢性 ma.n.se.i.te.ki.
にんちしょう 認知症	老人痴呆 ni.n.chi.sho.u.

かぶれる　發炎

ka.bu.re.ru.

說明

「かぶれる」是指皮膚受到了漆、藥品等的刺激，而產生發炎或起疹子的現象。

例句

けしょうひん あ はだ
化粧品が合わなくて肌がかぶれた。

ke.sho.u.hi.n.ga./a.wa.na.ku.te./ha.da.ga./ka.bu.re.ru.

化妝品不適合，皮膚發炎了。

相關單字

しっぷ 湿布	貼布 shi.ppu.
は 腫れる	腫起來 ha.re.ru.
かんせん 感染	感染 ka.n.se.n.

アトピー　異位性皮膚炎

a.to.pi.i.

說明

「アトピー」是異位性皮膚炎「アトピー性皮膚炎」的簡略說法。

例句

冬になるとアトピーがひどくなります。

fu.yu.ni./na.ru.to./a.to.pi.i.ga./hi.do.ku./na.ri.ma.su.

到了冬天，異位性皮膚炎就惡化。

相關單字

じんましん	蕁麻疹 ji.n.ma.shi.n.
皮膚炎	皮膚炎 hi.fu.e.n.
ステロイド	類固醇 su.te.ro.i.do.

水ぶくれ
みず

水泡

mi.zu.bu.ku.re.

說明

「水ぶくれ」是水泡的意思，也可以說「みずばれ」或是「すいほう」。

例句

水ぶくれを潰し、絆創膏を貼ってギターの
みず　　　　　つぶ　　　　ばんそうこう　は

練習を続けた。
れんしゅう　つづ

mi.zu.bu.ku.re.o./tsu.bu.shi./ba.n.so.u.ko.u.o./
ha.tte./gi.ta.a.no./re.n.shu.u.o./tsu.zu.ke.ta.

把水泡弄破，貼了 OK 繃之後繼續練習吉他。

相關單字

しもやけ	凍傷
	shi.mo.ya.ke.
ひび	龜裂
	hi.bi.
あかぎれ	裂傷
	a.ka.gi.re.

靴ずれ
くつ

鞋子磨腳

ku.tsu.zu.re.

説明

「靴ずれ」是鞋子磨腳的意思，也可以指磨腳造成的擦傷。

例句

靴擦れで、水ぶくれができてしまいました。
くつず　　みず

ku.tsu.zu.re.de./mi.zu.bu.ku.re.ga./de.ki.te./shi.ma.i.ma.shi.ta.

因為鞋子磨腳，所以起了水泡。

相關單字

擦り傷 す　きず	擦傷 su.ri.ki.zu.
水虫 みずむし	香港腳、腳氣 mi.zu.mu.shi.
魚の目 うお　め	雞眼 u.o.no.me.

疾 病 篇 MP3 121

ものもらい 針眼

mo.no.mo.ra.i.

說明

「ものもらい」是針眼的意思。相關的字詞有「眼病（がんびょう）」（眼疾）、「めがね」（眼鏡）、「目玉（めだま）」（眼球）。

例句

ものもらいになったから、眼帯（がんたい）をしている。

mo.no.mo.ra.i.ni./na.tta./ka.ra./ga.n.ta.i.o./shi.te./i.ru.

長了針眼，所以眼罩。

相關單字

近視（きんし）	近視 ki.n.shi.
老眼（ろうがん）	老花 ro.u.ga.n.
乱視（らんし）	散光 ra.n.shi.

胸焼け
むねや

胃灼熱、吐酸水

mu.ne.ya.ke.

說明

　「胸焼け」是胃灼熱、吐酸水的意思，就像俗稱的「火燒心」。相關的字詞還有「胃もたれ」(消化不良)、「お腹が張る」(脹氣)、「下痢(げり)」(拉肚子)。

例句

甘いものを食べるといつも胸焼けがする
あま　　　　　　た　　　　　　　　　　　　　むねや

んだ。

a.ma.i.mo.no.o./ta.be.ru.to./i.tsu.mo./mu.ne.ya.ke.ga./su.ru.n.da.

吃甜食後總是覺得胃灼熱。

相關單字

胃もたれ い	消化不良
	i.mo.ta.re.
胃痛 いつう	胃痛
	i.tsu.u.
お腹が張る なか　は	脹氣
	o.na.ka.ga.ha.ru.

つわり　　　孕吐

tsu.wa.ri.

說明

「つわり」是指懷孕害喜；相關的症狀有「吐き気」
(想吐)、「めまい」(頭暈)…等。

例句

つわりがひどくてほとんど寝<ruby>ね</ruby>たきりの
生活<ruby>せいかつ</ruby>をしています。

tsu.wa.ri.ga./hi.do.ku.te./ho.to.n.do./ne.ta./ki.ri.
no./se.i.ka.tsu.o./shi.te./i.ma.su.

孕吐很嚴重，幾乎都躺在床上過日子。

相關單字

吐<ruby>は</ruby>き気<ruby>け</ruby>	想吐 ha.ki.ke.
妊娠中毒<ruby>にんしんちゅうどく</ruby>	妊娠中毒 ni.n.shi.n.chu.u.do.ku.
妊娠<ruby>にんしん</ruby>	懷孕 ni.n.shi.n.

鼻詰まり

はなづ

鼻塞

ha.na.zu.ma.ri.

說明

　「詰まり」是塞住，「鼻詰まり」是鼻塞的意思。相關的字詞還有「鼻水」（鼻水）、「鼻をかむ」（擤鼻涕）、「鼻炎」（鼻炎）。

例句

かふんしょう　はなづ　　　　くる　　　　　ね
花粉症で鼻詰まりが苦しくて寝られない

です。

ka.fu.n.sho.u.de./ha.na.zu.ma.ri.ga./ku.ru.shi.
ku.te./ne.ra.re.na.i.de.su.

因為花粉症鼻塞很難受而無法睡。

相關單字

はなみず 鼻水	鼻水 ha.na.mi.zu.
はな 鼻をかむ	擤鼻涕 ha.na.o.ka.mu.
びえん 鼻炎	鼻炎 bi.e.n.

しょくちゅうどく
食中毒 食物中毒

sho.ku.chu.u.do.ku.

說明

「中毒」是中毒的意思，「食中毒」食物中毒之意，也可以說「食あたり」。

例句

がっこう きゅうしょく た こども しょくちゅうどく
学校の 給 食 を食べた子供が 食 中 毒 に

なった。

ga.kko.u.no.kyu.u.sho.ku.o./ta.be.ta./ko.do.mo.ga./
sho.ku.chu.u.do.ku.ni./na.tta.

吃了學校營養午餐的孩子食物中毒了。

相關單字

しょく 食あたり	食物中毒 sho.ku.a.ta.ri.
ちょうえん 腸炎	腸炎 cho.u.e.n.
くさ 腐る	腐敗 ku.sa.ru.

アレルギー 過敏

a.re.ru.gi.i.

説明

　「アレルギー」是源自德文「Allergie」，是過敏的意思；常見的過敏類型有「薬物 (やくぶつ) アレルギー」 (藥物過敏)、「動物 (どうぶつ) アレルギー」 (動物過敏)、「食物 (しょくもつ) アレルギー」(食物過敏)...等。

例句

かのじょ きんぞく
彼女は金属アレルギーです。

ka.no.jo.wa./ki.n.zo.ku./a.re.ru.gi.i.de.su.

她對金屬過敏。

相關單字

かふんしょう 花粉症	花粉症 ka.fu.n.sho.u.
はんのう 反応	反應 ha.n.no.u.
マスク	口罩 ma.su.ku.

あお
青あざ

瘀血、瘀青

a.o.a.za.

說明

「青あざ」是瘀青的意思，也可以說「あざ」。「あざ」是痣、胎記的意思。

例句

ぶつけた記憶もないのに青あざができた。

bu.tsu.ke.ta./ki.o.ku.mo./na.i./no.ni./a.o.a.za.ga./de.ki.ta.

不記得撞到過，卻有瘀青。

相關單字

あざ	痣、胎記、瘀青
	a.za.
傷跡	傷疤、傷痕
	ki.zu.a.to.
けが	受傷
	ke.ga.

カルテ 病歷

ka.ru.te.

説明

「カルテ」是源自於德文「Karte」，指醫生為病人看診時所做的看診記錄、病歷。

例句

たいていの病院ではカルテは５０音順に保管されている。

ta.i.te.i.no./byo.u.i.n.de.wa./ka.ru.te.wa./go.ju.u.o.n.ju.n.ni./ho.ka.n./sa.re.te./i.ru.

大部分的醫院都是以 50 音順序來管理病歷。

相關單字

診断 しんだん	診斷 shi.n.da.n.
医療記録 いりょうきろく	就診記錄 i.ryo.u.ki.ro.ku.
誤診 ごしん	誤診 go.shi.n.

ワクチン　疫苗

wa.ku.chi.n.

說明

「ワクチン」源自於德文「Vakzin」，接種疫苗的是「ワクチンを受ける」。

例句

うちの猫は年に１回ワクチンを受けています。

u.chi.no./ne.ko.wa./ne.n.ni./i.kka.i./wa.ku.chi.no./u.ke.te./i.ma.su.

我家的貓每年會接種１次疫苗。

相關單字

注射	打針、注射
ちゅうしゃ	chu.u.sha.
予防	預防
よぼう	yo.bo.u.
接種	接種
せっしゅ	se.sshu.

リハビリ 復健

ri.ha.bi.ri.

說明

「リハビリ」為「リハビリテーション」(rehabilitation) 的簡略說法，是復健的意思；無論是生理或心理的復健都可以使用。

例句

<ruby>肩<rt>かた</rt></ruby>を<ruby>痛<rt>いた</rt></ruby>めてリハビリを<ruby>受<rt>う</rt></ruby>けています。

ka.ta.o./i.ta.me.te./ri.ha.bi.ri.o./u.ke.te./i.ma.su.

因為肩痛而正接受復健。

相關單字

かいご 介護	看護 ka.i.go.
かいふく 回復	恢復 ka.i.fu.ku.
くんれん 訓練	訓練 ku.n.re.n.

かんぽうやく
漢方薬　　　中藥

ka.n.po.u.ya.ku.

說明

　　「漢方薬」是中藥的意思。和中醫相關的字詞還有「鍼灸」(針灸)、「足つぼマッサージ」(腳底按摩)…等。

例句

喉の腫れと痛みに効く漢方薬はあります

か？

no.do.no./ha.re.to./i.ta.mi.ni./ki.ku./ka.n.po.u.ya.ku.wa./a.ri.ma.su.ka.

有什麼對喉嚨腫和喉嚨痛有效的中藥嗎？

相關單字

しんきゅう 鍼灸	針灸 shi.n.kyu.u.
せいこつ 整骨	整骨 se.i.ko.tsu.
あし 足つぼ	腳底穴道 a.shi.tsu.bo.

じょうざい
錠剤

藥錠

jo.u.za.i.

說明

藥品的類型有「カプセル」(膠囊)、「粉薬(こなぐすり)」(藥粉)、「塗り薬」(藥膏)、「錠剤(じょうざい)」(藥錠)...等。

例句

じょうざい の こ む り や り の
錠剤が飲み込めないです。無理矢理に飲
こ は
み込んでも、吐きそうになってむせる。

jo.u.za.i.ga./no.mi.ko.me.na.i.de.su./mu.ri.ya.ri.ni./
no.mi.ko.n.de.mo./ha.ki.so.u.ni./na.tte./mu.se.ru.

我無法吞藥錠。就算是硬吞,也會因想吐而嗆到。

相關單字

ざやく 座薬	肛門塞劑 za.ya.ku.
かりゅうやく 顆粒薬	藥粉 ka.ryu.u.ya.ku.
ぬ ぐすり 塗り薬	藥膏 nu.ri.gu.su.ri.

松葉杖
まつばづえ

拐杖

ma.tsu.ba.zu.e.

說明

「松葉杖」是腳受傷時所拄的拐杖；拄拐杖的動詞是「松葉杖をつく」。登山或走路時用的拐杖則是「スティック」、「杖 (つえ)」。

例句

足の甲の骨を折ってしまい、松葉杖をついて出勤することになりました。
あし　こう　ほね　お　　　　　　　　　まつばづえ
しゅっきん

a.shi.no./ko.u.no./ho.ne.o./o.tte./shi.ma.i./ma.tsu.ba.zu.e.o./tsu.i.te./shu.kki.n.su.ru./ko.to.ni./na.ri.ma.shi.ta.

因為腳背骨折，所以要拄著拐杖去上班。

相關單字

車いす くるま	輪椅 ku.ru.ma.i.su.
バリアフリー	無障礙空間 ba.ri.a.fu.ri.i.
補助 ほじょ	輔助 ho.jo.

バンドエイド　OK 繃

ba.n.do.e.i.do.

說明

　OK 繃正式的名稱是「絆創膏」，「バンドエイド」是其中一個品牌的名稱，因為經常使用，故「バンドエイド」也成為 OK 繃的名稱之一。另外還可以叫「かっとばん」、「リバテープ」…等。

例句

紙で指を切った長男にバンドエイドを貼ってあげた。

ka.mi.de./yu.bi.o./ki.tta./cho.u.na.n.ni./ba.n.do.e.i.do.o./ha.tte./a.ge.ta.

幫手指被紙割到的大兒子貼了 OK 繃。

相關單字

ガーゼ	紗布 ga.a.ze.
メディカルテープ	醫療用透氣膠布 me.di.ka.ru.te.e.pu.
包帯 （ほうたい）	繃帶 ho.u.ta.i.

フェチ 癖好

fe.chi.

説明

「フェチ」是「フェティシズム」(fetishism) 的簡略說法，意思是對特定部位或物品特別地喜愛或執著。

例句

わたし て
私 は手フェチです、白くて指が長くて、
しろ ゆび なが

て す
きれいな手が好きです。

wa.ta.shi.wa./te.fe.chi.de.su./shi.ro.ku.te./yu.bi.ga./na.ga.ku.te./ki.re.i.na./te.ga./su.ki.de.su.

我對手有特別癖好，喜歡又白手指又長，漂亮的手。

相關單字

マニア	狂熱者、狂人
	ma.ni.a.
こだわり	執著、堅持
	ko.da.wa.ri.
狂熱 きょうねつ	狂熱
	kyo.u.ne.tsu.

はまる　　　　愛上

ha.ma.ru.

說明

「はまる」是愛上某件事而非常專注、很熱衷的樣子。

例句

<ruby>最近<rt>さいきん</rt></ruby>コロッケにはまって<ruby>毎日<rt>まいにちた</rt></ruby>食べています。

sa.i.ki.n./ko.ro.kke.ni./ha.ma.tte./ma.i.ni.chi./ta.be.te./i.ma.su.

最近愛上了可樂餅，每天都吃。

相關單字

<ruby>夢中<rt>むちゅう</rt></ruby>	熱衷 mu.chu.u.
<ruby>落<rt>お</rt></ruby>ちる	落入 o.chi.ru.
どっぷり	深陷 do.ppu.ri.

けぎら
毛嫌い

莫名討厭、反感

ke.gi.ra.i.

說明

「毛嫌い」是對事或人莫名地討厭、無法接受或是無法信任。

例句

飛び込みでやってくる営業マンを毛嫌いする人が多いようです。

to.bi.ko.mi.de./ya.tte./ku.ru./e.i.gyo.u.ma.n.o./
ke.gi.ra.i./su.ru./hi.to.ga./o.o.i./yo.u.de.su.

似乎很多人都對不請自來(不速之客)的業務員感到莫名反感。

相關單字

食わず嫌い	不愛吃 ku.wa.zu.gi.ra.i.
性に合わない	個性不合 sho.u.ni.a.wa.na.i.
苦手	不喜歡、不擅長 ni.ga.te.

タイプ

類型、喜歡的型

ta.i.pu.

説明

「タイプ」是類型的意思，喜歡的類型是「好きな
タイプ」。和喜歡相關的字詞還有「お気に入り」、「好
み」…等。

例句

理想_{りそう}の女性_{じょせい}のタイプはどんな人_{ひと}ですか？

ri.so.u.no./jo.se.i.no./ta.i.pu.wa./do.n.na./hi.to.
de.su.ka.

理想中的女性類型是怎麼樣的人呢？

相關單字

好み この	喜好
	ko.no.mi.
目がない め	熱愛
	me.ga.na.i.
相性 あいしょう	合得來的程度、適合度
	a.i.sho.u.

ていばん
定番

經典款

te.i.ba.n.

說明

　「定番」是和流行無關，必要或是基本經典的商品或款式。相關的用法有「定番ソフト」(基本常用軟體)、「定番メニュー」(固定菜單)、「定番モデル」(經典款)、「定番商品」(經典商品)...等。

例句

このギターは初心者(しょしんしゃ)にとって定番(ていばん)のモデルです。

ko.no./gi.ta.a.wa./sho.shi.n.sha.ni./to.tte./te.i.ba.n.no./mo.de.ru.de.su.

這吉他對初學者來說是經典的型號。

相關單字

おはこ 十八番	看家本領、絕活
	o.ha.ko.
いつもの	老規矩
	i.tsu.mo.no.
おうどう 王道	王道、大宗
	o.u.do.u.

一押し
いちお

最推薦

i.chi.o.shi.

說明

「押し」是推銷、推薦的意思；「一押し」是最推薦的意思。

例句

ここの一押しご当地グルメはなんですか？
いちお　　　とうち

ko.ko.no./i.chi.o.shi./go.to.u.chi./gu.ru.me.wa./na.n.de.su.ka.

這裡最推薦的當地美食是什麼呢？

相關單字

おすすめ	推薦 o.su.su.me.
レコメンド	推薦 re.ko.me.n.do.
ゴリ押し	強迫推銷 go.ri.o.shi.

おや
親バカ　寵愛孩子的父母

o.ya.ba.ka.

說明

「親バカ」是形容父母很疼愛小孩，覺得自己的小孩最可愛、最棒的情況。形容很疼愛子女或晚輩，也可以用「目に入れても痛くない」。

例句

親バカですが、我が子がかわいくてたまりません。

o.ya.ba.ka.de.su.ga./wa.ga.ko.ga./ka.wa.i.ku.te./ta.ma.ri.ma.se.n.

雖然知道是寵自己孩子，還是覺得我的孩子可愛得不得了。

相關單字

できあい 溺愛	溺愛 de.ki.a.i.
かわいがる	疼愛 ka.wa.i.ga.ru.
えこ贔屓 ひいき	偏愛 e.ko.hi.i.ki.

あ
当たり　　　　　中獎

a.ta.ri.

說明

　　「当たる」是中獎的意思，「当たり」是將「当たる」名詞化。「当たり」可以形容在選擇事物時，做了正確的選擇，像是中獎一樣。

例句

りょうり
料理もおいしいし、値段も安い。この
みせ　あ
店、当たりだね。

ryo.u.ri.mo./o.i.shi.i.shi./ne.da.n.mo./ya.su.i./ko.no.
mi.se./a.ta.ri.da.ne.

菜也好吃，價格也便宜。這家店，選對了呢。

相關單字

ラッキー	幸運
	ra.kki.i.
てきちゅう 的中	命中
	te.ki.chu.u.
もう　ぶん 申し分ない	好得沒話說
	mo.u.shi.bu.n.na.i.

ハズレ

落空、不如預期

ha.zu.re.

說明

「はずれる」是落空、不如預期的意思;「ハズレ」是「はずれる」的名詞化,用來形容選擇錯誤或是不符期待的狀況;類似的說法還有「期待はずれ」(不符期待)。

例句

この映画はハズレだ。とてもつまらなかった。

ko.no./e.i.ga.wa./ha.zu.re.da./to.te.mo./tsu.ma.ra.na.ka.tta.

這電影不如預期。非常無聊。

相關單字

貧乏くじ びんぼう	下下籤、惡運 bi.n.bo.u.ku.ji.
裏目に出る うらめ　で	反效果、和預期相反 u.ra.me.ni.de.ru.
見かけ倒し み　　だお	空有外表、繡花枕頭 mi.ka.ke.da.o.shi.

そん
損する

吃虧

so.n.su.ru.

說明

「損」是損失的意思，「損する」是損失、吃虧的意思。

例句

かいいん わたし 　　　　　　　　 み 　　　　　 まえう
会員の私はただで観られたのに、前売り
けん か 　　 そん
券を買って損した！

ka.i.i.n.no./wa.ta.shi.wa./ta.da.de./mi.ra.re.ta./
no.ni./ma.e.u.ri.ke.n.o./ka.tte./so.n.shi.ta.

我身為會員免費就能觀看，還買了預售票真是吃大虧了！

相關單字

こうかい 後悔する	後悔 ko.u.ka.i.su.ru.
いた め 痛い目にあう	踢鐵板、得到教訓 i.ta.i.me.ni.a.u.
あかじ 赤字	虧損 a.ka.ji.

いらない　不需要

i.ra.na.i.

說明

「いる」是需要的意思，「いらない」是「いる」的否定形，意思是不需要、沒必要。

例句

このカメラ、もういらないからあげる。

ko.no./ka.me.ra./mo.u./i.ra.na.i./ka.ra./a.ge.ru.

這台相機，已經不需要了，給你。

相關單字

必要（ひつよう）	必要 hi.tsu.yo.u.
用済み（ようず）	用完了 yo.u.zu.mi.
役立たず（やくた）	沒用處 ya.ku.ta.ta.zu.

ファミレス　家庭餐廳

fa.mi.re.su.

說明

　「ファミレス」是家庭餐廳，營業時間長、不限用餐時間，菜單選擇多而且多半有喝到飽的飲料吧，所以很受歡迎。

例句

明日友達とファミレスで勉強会します。

a.shi.ta./to.mo.da.chi.to./fa.mi.re.su.de./be.n.kyo.u.ka.i./shi.ma.su.

明天要和朋友去家庭餐廳念書。

相關單字

食堂	小吃店 sho.ku.do.u.
チェーン店	連鎖店 che.e.n.te.n.
立ち食い	站著吃 ta.chi.gu.i.

おおぐ
大食い

大胃王

o.o.gu.i.

說明

「大食い」是食量很大、吃很多的意思；相反的，「食が細い」是食量小的意思。

例句

せんしゅ　や　　　　　　　　　　　おおぐ　　　いがい
あの選手は痩せているのに、大食いの意外
いちめん
な一面があります。

a.no./se.n.shu.wa./ya.se.te./i.ru./no.ni./o.o.gu.i.no./i.ga.i.na./i.chi.me.n.ga./a.ri.ma.su.

那位選手明明很瘦，卻意外有大胃王的一面。

相關單字

はやぐ 早食い	快速吃 ha.ya.gu.i.
しょくよく 食欲	食欲 sho.ku.yo.ku.
しょく ほそ 食が細い	吃得少 sho.ku.ga.ho.so.i.

あまとう
甘党

愛甜食的人

a.ma.to.u.

說明

「甘党」是指愛吃甜食的人，這個字是相對於「辛党」（からとう）而來；「辛党」是指比起甜食更愛喝酒的人，而「甘党」則是比起喝酒更愛吃甜食的人。

例句

あね あまとう しょくご
姉は甘党、食後のケーキは欠かさない。

a.ne.wa./a.ma.to.u./sho.ku.go.no./ke.e.ki.wa./
ka.ka.sa.na.i.

姊姊很愛吃甜食，飯後的蛋糕是一定不可少的。

相關單字

しょくつう 食通	美食家
	sho.ku.tsu.u.
く ぼう 食いしん坊	愛吃鬼
	ku.i.shi.n.bo.u.
グルメ	美食
	gu.ru.me.

かんしょく
間食　　　　吃點心

ka.n.sho.ku.

説明

「間食」意思是正餐之外的時間吃東西，也就是吃點心、吃零食的意思。

例句

ダイエット中なのに、どうしても間食がやめられない。

da.i.e.tto.chu.u./na.no.ni./do.u.shi.te.mo./ka.n.sho.ku.ga./ya.me.ra.re.na.i.

明明在減肥，卻怎麼樣也戒不掉吃點心。

相關單字

３時のおやつ さんじ	下午茶 sa.n.ji.no.o.ya.tsu.
夜食 やしょく	宵夜 ya.sho.ku.
おやつ	點心 o.ya.tsu.

ちょい飲み <small>の</small>　小酌

cho.i.no.mi.

說明

「ちょい」是稍微、一點的意思。「ちょい飲み」是稍微喝一點、小酌的意思。

例句

仕事帰りに、偶然会った後輩とちょい飲みしました。

shi.go.to.ga.e.ri.ni./gu.u.ze.n./a.tta./ko.u.ha.i.to./cho.i.no.mi./shi.ma.shi.ta.

工作後回家的路上，和碰巧遇到的後輩一起小酌。

相關單字

晩酌 ばんしゃく	晚飯時喝酒 ba.n.sha.ku.
一気飲み いっきの	一口氣喝完 i.kki.no.mi.
早飲み はやの	快速喝完 ha.ya.no.mi.

げこ
下戸

不會喝酒

ge.ko.

說明

「下戶」是不喝酒或討厭喝酒的人。「上戶」是很會喝酒的人，而「笑い上戶（わらいじょうご）」是醉後愛笑、「泣き上戶（なきじょうご）」是醉後愛哭。

例句

わたし げ こ の
私 は下戶だからカクテルも飲めない。

wa.ta.shi.wa./ge.ko.da.ka.ra./ka.ku.te.re.ru.mo./no.me.na.i.

我不會喝酒，所以連雞尾酒都不能喝。

相關單字

アル中 ちゅう	酒精中毒
	a.ru.chu.u.
上戶 じょうご	很會喝酒
	jo.u.go.
ほろよい	微醺
	ho.ro.yo.i.

シラフ

沒喝酒清醒時

shi.ra.fu.

說明

「シラフ」是清醒、沒有喝酒的時候；相反的，「酔い潰れる(よいつぶれる)」是爛醉的意思。

例句

彼はシラフだとほとんど人と話せないのに、お酒を飲むとべらべら話せる。

ka.re.wa./shi.ra.fu./da.to./ho.to.n.do./hi.to.to./ha.na.se.na.i./no.ni./o.sa.ke.o./no.mu.to./pe.ra.pe.ra./ha.na.se.ru.

他在清醒時幾乎無法和人說話，但喝了酒後卻能暢談。

相關單字

しゅごう 酒豪	海量 shu.go.u.
でいすい 泥酔	爛醉 de.i.su.i.
さけぐせ 酒癖	喝醉後的反應或習慣 sa.ke.gu.se.

リバる　　　　嘔吐

ri.ba.ru.

說明

「リバる」是「リバース」(reverse) 省略後的動詞化。「リバース」原意是反轉的意思，引申為醉後嘔吐。

例句

友達とお寿司屋に行ってきた。調子乗って焼酎を飲んだら全部リバった。

to.mo.da.chi.to./o.su.shi.ya.ni./i.tte./ki.ta./cho.u.shi.no.tte./sho.u.chu.u.o./no.n.da.ra./ze.n.bu./ri.ba.tta.

和朋友去吃了壽司。得意忘形喝了日本酒後全都吐出來了。

相關單字

リバースする	嘔吐、反過來
	ri.ba.a.su.su.ru.
ゲロ	嘔吐
	ge.ro.
へど	反胃
	he.do.

電子タバコ

でんし

電子香菸

de.n.shi.ta.ba.ko.

說明

「タバコ」是香菸的意思，「電子タバコ」是電子香菸；戒菸是「タバコをやめる」。

例句

禁煙のために最近電子タバコを始めた。

きんえん　　　　　　　　さいきんでんし　　　　　　　　　はじ

ki.n.e.n.no./ta.me.ni./sa.i.ki.n./de.n.shi.ta.ba.ko.o./ha.ji.me.ta.

為了戒菸，最近開始吸電子菸。

相關單字

喫煙者 きつえんしゃ	吸菸者 ki.n.e.n.sha.
分煙 ぶんえん	區分吸菸和禁菸區 bu.n.e.n.
禁煙 きんえん	禁菸 ki.n.e.n.

キャラ弁 卡通便當

kya.ra.be.n.

說明

「キャラ弁」是「キャラクター弁当」的簡略說法，是利用便當裡的飯菜，將便當裝飾成卡通或著名人物的模樣。「キャラ弁」是屬於「デコ弁」的一種，「デコ弁」泛指所有精心裝飾製作的便當。

例句

子供を喜ばせたい一心でキャラ弁を作っている。

ko.do.mo.o./yo.ro.ba.se.ta.i./i.sshi.n.de./kya.ra.be.n.o./tsu.kku.tte./i.ru.

一心想要讓孩子開心，做了卡通便當。

相關單字

デコ弁	精心裝飾的便當 de.ko.be.n.
ビニ弁	便利商店的便當 bi.ni.be.n.
愛妻弁当	妻子做的便當 a.i.sa.i.be.n.to.u.

チンする　　微波加熱

chi.n.su.ru.

說明

「チンする」的「チン」是模擬微波爐的提示聲響，故「チンする」也可用來指微波加熱的意思。

例句

夕食を作っておきました。レンジでチンしてから食べてね。

yu.u.sho.ku.o./tsu.ku.tte./o.ki.ma.shi.ta./re.n.ji.de./chi.n./shi.te./ta.be.te.ne.

晚餐做好了。用微波加熱來吃喔。

相關單字

温める	加熱 a.ta.ta.me.ru.
火を通す	煮熟 hi.o.to.o.su.
味をつける	調味 a.ji.tsu.ke.ru.

大盤振る舞い
おおばんぶ　ま

大顯身手

o.o.ba.n.bu.ru.ma.i.

說明

「大盤振る舞い」原本是指在眾人面前大展身手的意思，現在多半是形容在宴會或聚餐時，有很多佳餚美饌。

例句

久々に仲間が集まるので、今日はご馳走の大盤振る舞いだ。
ひさびさ　なかま　あつ　きょう　ちそう　おおばんぶ　ま

hi.sa.bi.sa.ni./na.ka.ma.ga./a.tsu.ma.ru./no.de./kyo.u.wa./go.chi.so.u.no./o.o.ba.n.bu.ru.ma.i.da.

伙伴們久違地相聚，今天大顯身手有很多美食。

相關單字

ご馳走 ちそう	美食 go.chi.so.u.
おもてなし	用心招待 o.mo.te.na.shi.
舌つづみを打つ した　う	打牙祭 shi.ta.tsu.zu.mi.o.u.tsu.

通勤ラッシュ
つうきん

上班尖峰

tsu.u.ki.n.ra.sshu.

說明

「ラッシュ」是尖峰時刻的意思，「通勤」是上班上學通勤之意，「通勤ラッシュ」指的就是上班上學的交通尖峰時刻。

例句

私の会社は始業が10時からなので、
わたし　かいしゃ　しぎょう　　じゅうじ
通勤ラッシュを避けて通勤できます。
つうきん　　　　　　さ　　　つうきん

wa.ta.shi.no./ka.i.sha.wa./shi.gyo.u.ga./ju.u.ji./
ka.ra./na.no.de./tsu.u.ki.n.ra.sshu.o./sa.ke.te./tsu.
u.ki.n./de.ki.ma.su.

我的公司是 10 點開始上班，所以可以避開上班尖峰時間通勤。

相關單字

ピーク	尖峰
	pi.i.ku.
混雑 こんざつ	混亂
	ko.n.za.tsu.
満員電車 まんいんでんしゃ	客滿的電車
	ma.n.i.n.de.n.sha.

事故る
じ こ

遇到意外

ji.ko.ru.

說明

　「事故る」是將名詞「事故」動詞化，表示遇到了意外或出了事故。

例句

むすこ じてんしゃ じ こ かる け が
息子は自転車で事故って軽い怪我をした。

mu.su.ko.wa./ji.te.n.sha.de./ji.ko.tte./ka.ru.i./ke.ga.o./shi.ta.

兒子騎自行車遇到意外，受了輕傷。

相關單字

事件 じけん	意外、事故 ji.ke.n.
非常事態 ひじょうじたい	緊急情況 hi.jo.u.ji.ta.i.
トラブル	問題、麻煩 to.ra.bu.ru.

通り抜ける
とお　ぬ
通過

to.o.ri.nu.ke.ru.

說明

「通り抜ける」是通過、穿過某地的意思，也可以說「くぐり抜ける」。

例句

かれ
彼は Suica を使ってピッと改札を通り抜けた。

ka.re.wa./su.i.ka.o./tsu.ka.tte./pi.tto./ka.i.sa.tsu.o./to.o.ri.nu.ke.ta.

他用 Suica「嗶」地通過剪票口。

相關單字

くぐり抜ける	穿過 ku.gu.ri.nu.ke.ru.
乗り越える	越過、渡過 no.ri.ko.e.ru.
通る	通過 to.o.ru.

しゅうでん
終電

最後的電車

shu.u.de.n.

說明

　　「終電」是「最終電車」的簡略說法。最後一班車、一班飛機,可以說「最終便(さいしゅうびん)」;早上第一班則是「始発」。

例句

飲み会で盛り上がってついつい終電を逃

してしまった。

no.mi.ka.i.de./mo.ri.a.ga.tte./tsu.i.tsu.i./shu.u.de.n.o./no.ga.shi.te./shi.ma.tta.

聚會氣氛高漲,不小心錯過了最後的電車。

相關單字

し はつ 始発	最早的一班 shi.ha.tsu.	
あさがえ 朝帰り	早上才回家 a.sa.ga.e.ri.	
しゅうでんがえ 終電帰り	坐最後的電車回家 shu.u.de.n.ga.e.ri.	

しんごうま
信号待ち

等紅燈

shi.n.go.u.ma.chi.

說明

「信号」是紅綠燈的意思;「信号待ち」是等紅燈,
「信号無視」則是闖紅燈。

例句

じてんしゃ　　しんごうま
自転車で信号待ちしていたら、外人さんに
みち　き
道を聞かれた。

ji.te.n.sha.de./shi.n.go.u.ma.chi./shi.te./i.ta.ra./
ga.i.ji.n.sa.n.ni./mi.chi.o./ki.ka.re.ta.

騎著自行車正在等紅燈,遇到外國人問路。

相關單字

ちゅうしゃいはん 駐車違反	違規停車
	chu.u.sha.i.ha.n.
しんごうむし 信号無視	闖紅燈
	shi.n.go.u.mu.shi.
ていしゃ 停車	停車
	te.i.sha.

運転見合わせ
うんてんみあわせ

暫停發車

u.n.te.n.mi.a.wa.se.

說明

「見合わせる」是不急著行動，先按兵不動衡量情況的意思。「運転見合わせ」指的是大眾交通工具受到天氣或自然災害等影響，暫時停止行駛。

例句

地震のため、新幹線は全て運転見合わせです。
じしん　　　　　　しんかんせん　すべ　うんてんみあわせ

ji.shi.n.no./ta.me./shi.n.ka.n.se.n.wa./su.be.te./u.n.te.n.mi.a.wa.se.de.su.

因為地震，新幹線全都暫停發車。

相關單字

ダイヤの乱れ（みだ）	時刻大亂 da.i.ya.no.mi.ta.re.
運休（うんきゅう）	停駛、停飛 u.n.kyu.u.
増便（ぞうびん）	增加班次 zo.u.bi.n.

立ち往生
た おうじょう

動彈不得

ta.chi.o.u.jo.u.

說明

　「立ち往生」原是站著斷氣的意思，現在則用來比喻進退兩難、動彈不得的情況。

例句

今朝の大雪で列車が立ち往生した。
け さ おおゆき れっしゃ た おうじょう

ke.sa.no./o.o.yu.ki.de./re.ssha.ga./ta.chi.o.u.jo.u./shi.ta.

今早的大雪，讓火車停在途中動彈不得。

相關單字

遅れ おく	延遅 o.ku.re.
運転間隔 うんてんかんかく	班距 u.n.te.n.ka.n.ka.ku.
停車時間 ていしゃじかん	停車時間 te.i.sha.ji.ka.n.

送り迎え　接送

おく　むか

o.ku.ri.mu.ka.e.

說明

「送り」是送、「迎え」是接，「送り迎え」是接送的意思，也可以說「送迎」。

例句

子供の幼稚園の送り迎えを親に頼んでいます。

こども　ようちえん　おく　むか　　おや　たの

ko.do.mo.no./yo.u.chi.e.n.no./o.ku.ri.mu.ka.e.o./o.ya.ni./ta.no.n.de./i.ma.su.

拜託父母接送小孩上幼稚園。

相關單字

送迎バス そうげい	接送巴士 so.u.ge.i.ba.su.
シャトルバス	接駁車 sha.to.ru.ba.su.
往復する おうふく	來回 o.u.fu.ku.su.ru.

パンクする　爆胎

pa.n.ku.su.ru.

說明

「パンクする」是汽車或自行車的車輪爆胎。若是車胎沒氣則是說「空気が抜ける(くうきがぬける)」。

例句

車を運転中にタイヤがパンクしたことに気づいた。

ku.ru.ma.o./u.n.te.n.chu.u.ni./ta.i.ya.ga./pa.n.ku./shi.ta./ko.to.ni./ki.zu.i.ta.

駕駛中注意到車子爆胎了。

相關單字

故障する	故障 ko.sho.u.su.ru.
ガソリン切れ	沒油 ga.so.ri.n.gi.re.
バッテリーが上がる	電瓶沒電 ba.tte.ri.i.ga.a.ga.ru.

パワハラ　濫用職權

pa.wa.ha.ra.

說明

「パワハラ」是「パワーハラスメント」的簡略說法，「パワーハラスメント」是取「power」和「harassment」兩個字，意指職場上司利用權力欺負部下。

例句

課長が新人にパワハラで訴えられたそうです。

ka.cho.u.ga./shi.n.ji.n.ni./pa.wa.ha.ra.de./u.tta.e.ra.re.ta./so.u.de.su.

聽說課長被新人提告濫用職權。

相關單字

セクハラ	性騒擾 se.ku.ha.ra.
嫌がらせ	故意使人不愉快 i.ya.ga.ra.se.
いじめ	霸凌 i.ji.me.

ニート

尼特族、無業人士

ni.i.to.

說明

「ニート」是源自於英文「NEET，not in employ-ment, education or training」，指非在學也沒就業的人。

例句

私の兄は高校を卒業後、ニートになって

います。

wa.ta.shi.no./a.ni.wa./ko.u.ko.u.o./so.tsu.gyo.u.go./
ni.i.to.ni./na.tte./i.ma.su.

我的哥哥高中畢業後就成了無業人士。

相關單字

プータロー	遊手好閒的人
	pu.u.ta.ro.o.
無職	無業
	mu.sho.ku.
就職浪人	畢業後還在找工作的人
	shu.u.sho.ku.ro.u.ni.n.

フリーター 打工族

fu.ri.i.ta.a.

說明

「フリーター」是指非正式員工，只靠著打工維持生計的人。

例句

私 は漫画家志望ですが、今はフリーターで、親と同居しています。

wa.ta.shi.wa./ma.n.ga.ka.shi.bo.u.de.su.ga./i.ma.wa./fu.ri.i.ta.a.de./o.ya.to./do.u.kyo./shi.te./i.ma.su.

我想當漫畫家，現在是打工族，和家人同住。

相關單字

アルバイト	打工 a.ru.ba.i.to.
パート	記時工 pa.a.to.
日雇い	計日零工 hi.ya.to.i.

サービス残業 加班無加班費

sa.a.bi.su.za.n.gyo.u.

説明

「サービス」是服務的意思；「サービス残業」是加班但沒有加班費，就像為公司免費服務一樣。

例句

あぁ～こんなに働いたのに、またサービス残業かよ。

a.a./ko.n.na.ni./ha.ta.ra.i.ta.no.ni./ma.ta./sa.a.bi.su./za.n.gyo.u.ka.yo.

啊～明明已經這麼努力工作了，還要免費加班啊！

相關單字

	加班津貼
残業手当	za.n.gyo.u.te.a.te.
持ち帰り残業	帶回家做 mo.chi.ka.e.ri.za.n.gyo.u.
メール残業	在家回 mail 加班 me.e.ru.za.n.gyo.u.

ことぶきたいしゃ
寿退社　因結婚而離職

ko.to.bu.ki.ta.i.sha.

說明

　　「寿」是可喜可賀的意思；「寿退社」是女性員工因為結婚而離職。

例句

ろくがつ
6 月いっぱいで夫の仕事の都合で、
ことぶきたいしゃ
寿退社をします。

ro.ku.ga.tsu./i.ppa.i.de./o.tto.no./shi.go.to.no.tsu.go.u.de./ko.to.bu.ki.ta.i.sha.o./shi.ma.su.

我將因老公工作的關係在 6 月離職。

相關單字

たいしょく 退職	離職 ta.i.sho.ku.
ていねん 定年	退休 te.i.ne.n.
てんしょく 転職	換工作 te.n.sho.ku.

リストラ 裁員

ri.su.to.ra.

說明

　「リストラ」是「リストラクチュアリング」的簡略說法，意指企業因預算問題而進行員工裁減。被公司裁員就是「リストラされる」。

例句

先週、会社の経営不振によりリストラされました。

se.n.shu.u./ka.i.sha.no./ke.i.e.i.fu.shi.n.ni./yo.ri./ri.su.to.ra./sa.re.ma.shi.ta.

上星期，因為公司經營狀況不佳而被裁員了。

相關單字

解雇 かいこ	解雇 ka.i.ko.
免職 めんしょく	免職 me.n.sho.ku.
くび	開除 ku.bi.

させん
左遷　　　　降職

sa.se.n.

說明

　　「左遷」是降職的意思；類似的詞語還有「出向」，「出向」是離開母公司或被派到和母公司有合作關係的企業任職。

例句

しゃちょう えいぎょうぶちょう ちほう してん させん
社長は営業部長を地方の支店へ左遷し

た。

sha.cho.u.wa./e.i.gyo.u.bu.cho.u.o./chi.ho.u.no./
shi.te.n.e./sa.se.n./shi.ta.

社長把業務部長降職到外縣市的分店。

相關單字

しゅっこう 出向	派至相關公司工作 shu.kko.u.
てんきん 転勤	轉調至其他分公司 te.n.ki.n.
たんしんふにん 単身赴任	獨自1人至他縣市工作 ta.n.shi.n.fu.ni.n.

しょうしん
昇進 升職

sho.u.shi.n.

說明

「昇進」是升職的意思，同義字還有「栄転」、「栄進 (えいしん)」、「出世 (しゅっせ)」。而職位的日文則是「ポスト」。

例句

かれ つぎつぎ しょうしん
彼は次々と昇進して、やがて取締役にな

りました。

ka.re.wa./tsu.gi.tsu.gi.to./sho.u.shi.n./shi.te./ya.ga.
te./to.ri.shi.ma.ri.ya.ku.ni./na.ri.ma.shi.ta.

他接連升職，不久終於成為董事。

相關單字

てんにん 転任	轉任 te.n.ni.n.
えいてん 栄転	升職 e.i.te.n.
ばってき 抜擢される	被提拔 ba.tte.ki.sa.re.ru.

エリート　精英

e.ri.i.to.

説明

「エリート」源自法語「élite」；意指在社會或是集團當中，素質優秀、能力很好，能夠指導、帶領人群的人。

例句

彼かれは、一流いちりゅうだいがく大学を卒業そつぎょうご後、大企業だいきぎょうに勤つとめている。いわゆるエリートだ。

ka.re.wa./i.cchi.ryu.u.da.i.ga.ku.o./so.tsu.gyo.u.go./da.i.ki.gyo.u.ni./tsu.to.me.te./i.ru./i.wa.yu.ru./e.ri.i.to.da.

他從一流大學畢業後，進入大企業工作。是所謂的精英。

相關單字

勝か ち組ぐみ	人生勝利組 ka.chi.gu.mi.
トップ	頂尖、上層 to.ppu.
リーダー	領導者 ri.i.da.a.

やる気 幹勁

ya.ru.ki.

說明

「やる気」是幹勁的意思，有幹勁是「やる気が出る」；沒幹勁是「やる気がない」。

例句

この仕事で医学の面白さを感じて、やる気も出ました。

ko.no./shi.go.to.de./i.ga.ku.no./o.mo.shi.ro.sa.o./ka.n.ji.te./ya.ru.ki.mo./de.ma.shi.ta.

這工作讓我感受到醫學的有趣，也有了幹勁。

相關單字

意欲（いよく）	幹勁、熱情
	i.yo.ku.
刺激される（しげき）	被刺激
	shi.ge.ki.sa.re.ru.
燃える（も）	燃燒
	mo.e.ru.

つうじょううんてん
通常運転　照常運轉

tsu.u.jo.u.u.n.te.n.

説明

「通常運転」原是指大眾交通工具依時刻行駛、沒有異狀的意思；引申為事物一如往常進行；也可以說「通常操業」（つうじょうそうぎょう）或「通常稼動」（つうじょうかどう）。

例句

ゴールデンウィークの連休も終わり今日から通常運転です。

go.o.ru.de.n.u.i.i.ku.no./re.n.kyu.u.mo./o.wa.ri./kyo.u./ka.ra./tsu.u.jo.u.u.n.te.n.de.su.

黃金週連假結束，今天開始一切照常運轉。

相關單字

にちじょうてき 日常的	日常性、日常 ni.chi.jo.u.te.ki.
ワンパターン	一成不變 wa.n.pa.ta.a.n.
き 決まりきった	既定的 ki.ma.ri.ki.tta.

有休
ゆうきゅう

特休假

yu.u.kyu.u.

說明

　「有休」是「有給休暇」的簡略說法；是公司依年資每年會給員工的年假，因為休年假也有薪水，故稱為「有給休暇」。常見的休假還有「長期休暇」（長期休假）、「半休」（半天假）、「産休」（產假）…等。

例句

今日は、有休をとって病院で診察を受け
きょう　　　　　ゆうきゅう　　　　　　　びょういん　しんさつ　う

てきました。

kyo.u.wa./yu.u.kyu.u.o./to.tte./byo.u.i.n.de./shi.n.sa.tsu.o./u.ke.te./ki.ma.shi.ta.

今天請了特休假到醫院看診。

相關單字

休暇 きゅうか	休假 kyu.u.ka.
バカンス	假期 ba.ka.n.su.
年休 ねんきゅう	特休 ne.n.kyu.u.

にゅうし

入試　　　入學考試

nyu.u.shi.

說明

「入試」是「入学試験（にゅうがくしけん）」的簡略說法。相關的詞有「受験生」(考生)、「現役 (げんえき)」(應屆)、「推薦入試 (すいせんにゅうし)」(推薦入學)、「試験を受ける」(參加考試)、「受かる」(考上)。

例句

むすめ　いまにゅうし　じゅんび
娘は今入試の準備をしている。

mu.su.me.wa./i.ma./nyu.u.shi.no./ju.n.bi.o./shi.te./i.ru.

女兒現在正在準備入學考試。

相關單字

じゅけんせい 受験生	考生 ju.ke.n.se.i.
もぎしけん 模擬試験	模擬考試 mo.gi.shi.ke.n.
う 受かる	考上 u.ka.ru.

ぶかつ
部活

社團活動、校隊

bu.ka.tsu.

說明

「部活」又叫「部活動（ぶかつどう）」，是學生在上課前或下課後進行的社團活動；類似的字詞還有「サークル」，指大學以上類似同好會的社團。

例句

むすこ ちゅうがくせい しゅうまつ ぶかつ る す
息子が中学生になり、週末も部活で留守

です。

mu.su.ko.ga./chu.u.ga.ku.se.i.ni./na.ri./shu.u.ma.
tsu.mo./bu.ka.tsu.de./ru.su.de.su.

兒子成為中學生，週末也因為去社團活動而不在。

相關單字

しゅうがくりょこう 修学旅行	校外旅行 (過夜)
	shu.u.ga.ku.ryo.ko.u.
こうがいがくしゅう 校外学習	校外教學 (不過夜)
	ko.u.ga.i.ga.ku.shu.u.
がくせいじちかい 学生自治会	學生會
	ga.ku.se.i.ji.chi.ka.i.

ホームルーム　班會

ho.o.mu.ru.u.mu.

說明

　「ホームルーム」是中學或高中，老師和學生在特定的時間裡進行談話或是討論，也就是班會的意思。

例句

うちの学校は週に１度、ホームルームが

あります。

u.chi.no./ga.kko.u.wa./shu.u.ni./i.chi.do./ho.o.mu.ru.u.mu.ga./a.ri.ma.su.

我們的學校，每星期會有１次班會。

相關單字

たんにん 担任	負責任、導師
	ta.n.ni.n.
がくえんさい 学園祭	校慶
	ga.ku.e.n.sa.i.
ちょうれい 朝礼	朝會
	cho.u.re.i.

いじめ　　　　霸凌

i.ji.me.

説明

「いじめ」是欺負人、霸凌的意思；霸凌別人的孩子是「いじめっこ」、遭到霸凌是「いじめられる」或「いじめにあう」。

例句

友人の子供がいじめにあって不登校になった。

yu.u.ji.n.no./ko.do.mo.ga./i.ji.me.ni./a.tte./fu.to.u.ko.u.ni./na.tta.

朋友的孩子遭到霸凌，而變得拒絕上學。

相關單字

引きこもり	在家裡不願出門
	hi.ki.ko.mo.ri.
保護者	監護人
	ho.go.sha.
不登校	不肯去上學
	fu.to.u.ko.u.

サボる 偷懶

sa.bo.ru.

說明

　　「サボる」是偷懶、無故缺席的意思；通常用在上班、上課或是例行工作上；類似的字詞還有「無斷欠席（むだんけっせき）」（無故缺席）、「怠ける（なまける）」（偷懶）。

例句

私たちは３限目の授業をサボった。

wa.ta.shi.ta.chi.wa./sa.n.ge.n.me.no./ju.gyo.u.o./sa.bo.tta.

我們逃掉了第３堂課。

相關單字

すっぽかす	放鴿子
	su.ppo.ka.su.
欠席 けっせき	缺席
	ke.sse.ki.
病欠 びょうけつ	因病缺席
	byo.u.ke.tsu.

出席を取る
しゅっせき と
點名

shu.sse.ki.o.to.ru.

說明

　　「出席を取る」也可以說「出欠 (しゅけつ) を取る」,是點名的意思;點名簿則是「出席簿」、幫沒到的同學代點名是「代返 (だいへん)」。

例句

これから出席を取るから、呼ばれたら
しゅっせき と　　　　　　　　よ
返事しなさい。
へんじ

ko.re.ka.ra./shu.sse.ki.o./to.ru./ka.ra./yo.ba.re.ta.ra./he.n.ji./shi.na.sa.i.

現在要開始點名,被點到就回答。

相關單字

代返 だいへん	代點名 da.i.he.n.
出席簿 しゅっせきぼ	點名簿 shu.sse.ki.bo.
皆勤賞 かいきんしょう	全勤獎 ka.i.ki.n.sho.u.

しんがくじゅく
進学塾　　升學補習班

shi.n.ga.ku.ju.ku.

說明

「進学塾」是中學、高中升學考試為主的升學補習班；以學校課業為主的則是「学習塾 (がくしゅうじゅく)」；以大學入學考試為目的的補習班則是「予備校 (よびこう)」。

例句

うちの子供が小学校の3年から進学塾に通っています。

u.chi.no./ko.do.mo.ga./sho.u.ga.kko.u.no./sa.n.ne.n./ka.ra./shi.n.ga.ku.ju.ku.ni./ka.yo.tte./i.ma.su.

我家的孩子從小 3 就開始去升學補習班。

相關單字

よびこう 予備校	升大學 yo.bi.ko.u.
ピアノ教室 きょうしつ	鋼琴教室 pi.a.no.kyo.u.shi.tsu.
じゅくがよ 塾通い	上補習班 ju.ku.ga.yo.i.

ろうにん
浪人

重考生

ro.u.ni.n.

說明

「浪人」是沒通過過入學考試或沒通過過就職考試，為了重考而正在準備的人；準備重考大學的就叫「大学浪人」；重考1年就是「一浪」、2年就是「二浪」。沒應屆找到工作畢業後還在找的就是「就職浪人」。

例句

今年、受験に失敗して浪人になりました。

ko.to.shi./ju.ke.n.ni./shi.ppa.i.shi.te./ro.u.ni.n.ni./

na.ri.ma.shi.ta.

今年考試失敗了，成為重考生。

相關單字

げんえきごうかく 現役合格	應屆考上 ge.n.e.ki.go.u.ka.ku.
ごうかくしゃ 合格者	合格者 go.u.ka.ku.sha.
じたくろうにん 自宅浪人	在家準備重考 ji.ta.ku.ro.u.ni.n.

しんろしどう
進路指導　　就業升學輔導

shi.n.ro.shi.do.u.

說明

　「進路指導」是學校為了學生畢業之後升學或就業之路所進行的輔導活動；就畢業後升學或就業意願進行的調查就是「進路調查」（しんろちょうさ）。

例句

あした　　　しんろしどう　　　せんせい　　しんろ
明日は進路指導の先生と進路についての
めんだん
面談があります。

a.shi.ta.wa./shi.n.ro.shi.do.u.no./se.n.se.i.to./shi.n.ro.ni./tsu.i.te.no./me.n.da.n.ga./a.ri.ma.su.

明天要和升學輔導的老師做關於未來規畫的面談。

相關單字

カウンセリング	諮詢、心理諮詢
	ka.u.n.se.ri.n.gu.
せつめいかい 説明会	說明會
	se.tsu.me.i.ka.i.
ガイダンス	說明會
	ga.i.da.n.su.

しゅうかつ
就活

就職活動、找工作

shu.ka.tsu.

說明

「就活」是「就職活動」的簡略說法，主要是以大學畢業生為主的求職活動。一般就職活動會在大學 3 年級或研究所最後 1 年開始，在畢業前確定之後就職的公司就是得到「內定」（ないてい）。

例句

わたし らいねんしゅうかつ はじ
私 は来年 就 活 を始めます。

wa.ta.shi.wa./ra.i.ne.n./shu.u.ka.tsu.o./ha.ji.me.ma. su.

我明年要開始找工作。

相關單字

リクルート	就職活動、招聘
	ri.ku.ru.u.to.
かいしゃほうもん 会社訪問	企業參觀
	ka.i.sha.ho.u.mo.n.
エントリー	投履歷
	e.n.to.ri.i.

國家圖書館出版品預行編目(CIP)資料

| 原來如此：課本上沒有的日語單字 / 雅典日研所企編. -- |
| 初版. -- 新北市：雅典文化，民105.09 |
| 面；　公分. -- (全民學日語；36) |
| ISBN 978-986-5753-71-9(平裝) |
| 1.日語 2.詞彙 |
| 803.12　　　　　　　　　　　　　105013215 |

全民學日語　　36

原來如此：課本上沒有的日語單字

編著／雅典日研所
責編／許惠萍
美術編輯／許惠萍
封面設計／姚恩涵

法律顧問：方圓法律事務所／涂成樞律師

總經銷／永續圖書有限公司
永續圖書線上購物網
www.foreverbooks.com.tw

CVS代理／美璟文化有限公司
TEL：(02) 2723-9968
FAX：(02) 2723-9668

出版日／2016年09月

雅典文化

出版社

22103　新北市汐止區大同路三段194號9樓之1
TEL　(02) 8647-3663
FAX　(02) 8647-3660

原來如此：課本上沒有的日語單字

雅致風靡　典藏文化

親愛的顧客您好，感謝您購買這本書。

為了提供您更好的服務品質，煩請填寫下列回函資料，您的支持是我們最大的動力。

您可以選擇傳真、掃描或用本公司準備的免郵回函寄回，謝謝。

姓名：　　　　　性別：　□男　□女
出生日期：　年　月　日　電話：
學歷：　　　　　職業：　□男　□女
E-mail：
地址：□□□
從何得知本書消息：□逛書店 □朋友推薦 □DM廣告 □網路雜誌
購買本書動機：□封面 □書名 □排版 □內容 □價格便宜
你對本書的意見： 內容：□滿意□尚可□待改進　編輯：□滿意□尚可□待改進 封面：□滿意□尚可□待改進　定價：□滿意□尚可□待改進
其他建議：

剪下後傳真、掃描或寄回至「221 03新北市汐止區大同路3段194號9樓之1典藏文化」收

總經銷：永續圖書有限公司

永續圖書線上購物網
www.foreverbooks.com.tw

您可以使用以下方式將回函寄回。

您的回覆，是我們進步的最大動力，謝謝。

① 使用本公司準備的免郵回函寄回。

② 傳真電話：（02）8647-3660

③ 掃描圖檔寄到電子信箱：

　 yungjiuh@ms45.hinet.net

沿此線對折後寄回，謝謝。

2 2 1 - 0 3

 雅典文化事業有限公司　收

新北市汐止區大同路三段194號9樓之1

雅致風靡　　典藏文化